Plumes à Plume

©2021. EDICO
Édition : JDH Éditions

77600 Bussy-Saint-Georges. France
Imprimé par BoD – Books on Demand, Norderstedt, Allemagne

Réalisation graphique couverture : © Cynthia Skorupa

ISBN : 978-2-38127-104-0
Dépôt légal : mars 2021

Le Code de la propriété intellectuelle n'autorisant, aux termes de l'article L.122-5.2° et 3°a, d'une part, que les copies ou reproductions strictement réservées à l'usage privé du copiste et non destinées à une utilisation collective, et d'autre part, que les analyses et les courtes citations dans un but d'exemple et d'illustration, toute représentation ou reproduction intégrale ou partielle faite sans le consentement de l'auteur ou ses ayants droit ou ayants cause est illicite (art. L. 122-4).

Cette représentation ou reproduction, par quelque procédé que ce soit constituerait une contrefaçon sanctionnée par les articles L. 335-2 et suivants du Code de la propriété intellectuelle.

Nathalie Sambat

Plumes à Plume

JDH Éditions
Romance Addict
Romance

1

« *Le stress arrête la conscience de se manifester.* »

Steve Lambert

Il fait déjà nuit dehors lorsque j'attaque la dernière tâche qu'il me reste à faire pour pouvoir partir en vacances plus sereine : trier mes piles d'urgences non traitées pour laisser mon bureau bien rangé. Je suis épuisée, la journée a été très longue et intense. Je prends les feuilles une par une pour vérifier les dates d'échéances et refaire une pile des urgences à traiter à mon retour. Je ne suis même pas encore partie que je sais déjà que le jour de ma reprise sera un enfer. La pile des dates déjà échues s'allonge, et à chaque fois que je rajoute une feuille, je retarde encore un peu mon heure de départ. J'en ai marre, je n'en peux plus. Cela fait neuf mois que je travaille ici et que j'occupe seule le poste de deux personnes. La décision d'embaucher du renfort a été validée, mais le recrutement tarde à se mettre en place. Tout le monde ici est débordé et court toute la journée pour parer au plus pressé. C'est usant, cet état de stress permanent. Mais au moins, contrairement à mes postes précédents, ici, ils sont « humains ». Compliqué d'utiliser ce mot-là vu les conditions de travail, mais ils en ont conscience et sont gentils. La bienveillance est une denrée rare à ce niveau de responsabilité et mes précédentes expériences m'ont poussée déjà plusieurs fois jusqu'au burn-out.

Il est 22 h, mon dos me fait mal et je ne sais plus comment mettre mes épaules pour ne plus souffrir. C'est tellement absurde toute cette paperasse… Pourquoi faire simple quand on peut faire compliqué ? J'ai la chanson *Si j'avais un marteau* de Claude François qui me vient à l'esprit, que je remplace par « Si j'avais un briquet ». J'improvise à voix haute le reste de la chanson et rigole nerveusement toute seule dans mon bureau. Je n'aime pas mon métier, il manque tellement de sens !

Mon téléphone portable n'arrête pas de vibrer. Mes enfants sont tout seuls à la maison et me harcèlent de SMS : « À quelle heure tu rentres ? » « On a faim. » « Sam refuse de m'aider à préparer le repas, tu peux intervenir stp ? » « Zoé pense qu'avec 3 ans de plus que moi, elle peut se prendre pour ma mère et me donner des ordres. » « Maman, il me parle trop mal depuis que tu lui as envoyé un message. » « Maman, je l'aide, et pourtant elle boude »… Pffffff ! Je crois qu'ils ne réalisent pas tout ce que je supporte, gère, organise, encaisse en back-office pour leur assurer une vie la plus légère possible. Être une maman solo nécessite une capacité infinie à s'oublier. Je dois être une salariée, une maman, une infirmière, une cuisinière, une femme de ménage, une enseignante, une psychologue, une confidente et j'en passe. Mais porter toutes ces casquettes finit par faire un poids bien lourd pour mes épaules… Pas étonnant qu'elles me fassent autant souffrir. J'aimerais tellement qu'ils soient plus proches et plus aidants. Depuis la tentative de suicide de mon fils il y a deux ans, notre vie a été complètement bouleversée. Il est devenu le centre d'intérêt de la famille. J'ai dû arrêter de travailler un temps pour être à ses côtés et l'aider à se sortir de la dépression dans laquelle la phobie scolaire l'avait plongé. Ma vie était alors rythmée par les rendez-vous chez les psys et l'angoisse permanente qu'il retente une bêtise à n'importe quel moment. Il va mieux depuis un an et j'ai pu reprendre le chemin du bureau, mais lui est toujours dans l'incapacité de reprendre celui de l'école. Sa phobie sociale est encore très forte. Il a beaucoup de mal à sortir de la maison et à aller vers les autres. Il en est un peu aigri et pas très agréable avec sa sœur et moi. Ma fille a dû se débrouiller un peu toute seule depuis cet incident. Elle vient d'avoir son bac, et je suis très fière d'elle, car elle s'est battue pour ce résultat, sans aide. Mais elle est un peu perdue, ne sait pas quelle orientation choisir, aucun métier ne semble l'attirer. De plus, elle sature un peu avec les difficultés de son frère qu'elle ne comprend plus.

Ce n'est pas du tout la vie dont je rêvais… ni pour moi ni pour eux. Je ne sais pas comment on a pu en arriver là. Enfin, si, à courir tout le temps, on ne profite pas du paysage. On est vite prisonnier du rythme « métro-boulot-dodo », même s'il n'y a pas de métro à Nantes. Il est 23 h 30 et j'ai envie de pleurer. Je sais que cogiter sur la condition humaine en général, et sur la mienne en particulier, ne convient pas à mon moral. Il est temps de m'arrêter… Après tout, personne ne va mourir si certains courriers ne sont pas traités. Je prends les dernières feuilles de la pile et les déchire en petits morceaux. Jamais de ma vie je n'aurais fait un truc pareil avant, mais là, trop c'est trop ! Il est grand temps pour moi de retrouver mes enfants et de leur accorder 3 semaines d'attention totales et exclusives. Sur 52, c'est un minimum annuel. Cette séance de fabrication de confettis improvisée m'a fait le plus grand bien. Je n'ai qu'une hâte : rentrer chez moi, balancer mon réveil et me coucher.

Il est 0 h 30 lorsque j'arrive à l'appartement. Je ne travaille pourtant qu'à quelques kilomètres de la maison, mais les transports s'arrêtent bien avant mes heures habituelles de retour du bureau. Nous vivons au 8e étage dans une cité HLM où les poubelles sont ramassées tous les 30 février et où des « Nik la polisse » décorent fièrement les murs en béton sales. La police ne vient que très rarement, pourtant, ou alors toute sirène hurlante, pour prévenir tous les petits dealers de leur arrivée imminente. Je suis arrivée ici il y a sept ans. C'était provisoire, pour avoir moins de pression financière. Je n'ai même pas déballé tous mes cartons tellement j'étais persuadée de ne pas rester là plus d'un an. Mais le prix des loyers dans la région a grimpé beaucoup plus vite que mes salaires. Lorsqu'on m'a accordé ce logement, on m'a « vendu » la mixité sociale. J'ai aimé cette idée de mélanger les gens pour casser les ghettos. Et j'ai des voisins très sympathiques, d'ailleurs ! Mais il y a aussi quelques cas bien lourds : entre la famille du dessus qui se dispute tous les soirs à coups de gros mots dont je ne soupçonnais même pas l'existence, le junky du rez-de-chaussée qui se défonce toutes les nuits avec ses amis que je croise tout nus le soir dans l'ascenseur, les mobylettes volées qui tournent toute la nuit sous les fenêtres et ceux qui confondent le hall d'entrée avec des toilettes publiques, je rêve d'échanger mon habitat avec celui des élus. Heureusement, au milieu de cet enfer, j'ai quand même réussi à créer une petite oasis. Mon appartement est assez grand, fonctionnel et plutôt cosy.

Dès la porte franchie, Bob et Gotcha, mes deux chiens sortis de refuges depuis peu, viennent me dire bonjour de manière très expressive. Ils sautent, pleurent, remuent la queue. C'est une vraie fête tous les soirs. Les chats que j'ai récupérés blessés ou que les enfants ont ramenés à la maison complètement rachitiques arrivent tout doucement dans le couloir, marchant comme des stars, pour me saluer, mais en gardant un peu de dignité. Mes enfants sont contents de me voir enfin, mais je comprends vite qu'ils ont d'autres projets pour moi que de me laisser me glisser sous ma couette. J'ai à peine retiré mon manteau que j'entends ma fille me crier du salon :

— Super, tu es rentrée ! On va enfin pouvoir réserver des vacances !

Oups ! Ça fait des semaines que nous en parlons, que nous prospectons, mais rien ne me fait envie. Ils m'ont montré des campings 4 ou 5 étoiles en bord de mer avec des toboggans géants et des animations, mais ça, je n'en veux plus. J'ai l'impression de quitter mon HLM en béton pour aller dans une cité de mobil-homes. Et je n'ai pas envie de me retrouver sur une plage avec les pieds de mes voisins de serviette à 10 centimètres de ma tête ou à finir ma soirée à danser la Macarena. Ils m'ont proposé une location d'appartement en montagne, mais je n'ai pas du tout envie de me retrouver enfermée de la même manière, juste ailleurs. Et même louer une maison ne me fait pas envie : je ne supporte plus d'avoir une date d'arrivée, une date de départ… Je vis toute l'année avec des échéances à respecter, des rendez-vous à honorer, des contraintes. Je suis devenue « datophobe ». Je n'ai pas osé leur avouer que j'avais la motivation d'une huître pour partir et que, vu mon état de fatigue, je projetais plutôt de dormir pendant trois semaines…. J'ai donc lâchement joué sur le fait que nous trouverions probablement de meilleurs plans au dernier moment pour échapper à cette corvée. Mais là, je crois que je ne peux plus reculer… Nous n'avons pas pu partir depuis deux ans, et je crains pour ma vie si je leur dis que ma destination de rêve est sous ma couette ! Dans le salon, mes enfants sont donc assis bien sagement sur le canapé face à la table basse où m'attend un plateau-repas façon ados : une tranche de pain de mie, des miettes de chips qu'ils n'ont pas réussi à attraper, du gruyère râpé transpirant, quelques spaghettis collés entre eux formant d'énormes tubes et mon ordi allumé, prêt à me vendre des vacances. Ô joie !!

Nous voilà donc tous les trois en train de surfer sur la vague de mon cauchemar… Ma fille est de nature très enjouée, enthousiaste. Elle propose chaque endroit avec des étoiles dans les yeux, persuadée que ça sera génial. Mon fils, à côté, ne dit rien. Il est là sans être là… Il n'a plus envie de mourir, mais il n'a pas pour autant retrouvé toute sa joie de vivre. Les recherches se prolongent assez tardivement, mais il s'avère que ma croyance de prix moins élevés au dernier moment est erronée. Il y a des promotions, bien sûr, mais ils nous prennent quand même pour des Américains ! Nous retenons quelques possibilités, mais ne confirmons rien. Je propose que nous prenions la nuit pour réfléchir et que nous ne décidions qu'une fois les idées plus claires. Ma fille part se coucher, contrariée :

— De toute façon, ça va finir comme d'habitude, on ne va rien faire du tout !

Je dépense le peu d'énergie qu'il me reste à lui promettre que si, mais mon manque d'envie se sent à des kilomètres à la ronde. Mon fils, lui, va se coucher comme d'habitude, sans avoir exprimé de désirs particuliers et en marmonnant juste un « Bon'nuit ».

Lorsque je me retrouve enfin dans mon lit, j'ai l'impression d'être au bout de ma vie... Après toutes les épreuves de ces derniers temps, mes enfants ont tous les deux besoin de partir loin d'ici, de changer d'environnement, d'air, d'ambiance. Mais moi, je rêve de liberté, de grands espaces, de calme, de solitude. Je ne supporte plus rien et plus personne. Pas facile de trouver ça en France en plein mois d'août. Je n'arrive pas à trouver le sommeil. Mon cerveau fonctionne comme un tambour de machine à laver en mode essorage. D'un côté, mon petit ange qui veut offrir des vacances inoubliables à ces enfants cassés par la vie, et de l'autre côté, mon petit démon qui refuse de se retrouver dans les bouchons, de faire la queue pendant une heure pour faire pipi sur une aire d'autoroute et manger des sandwichs de chez Ducatel ou finir mes soirées au Luna Park. C'est avec ce cruel dilemme que la fatigue a raison de moi et m'embarque pour une nuit plutôt agitée.

Je me réveille en sursaut avec l'impression d'avoir trop dormi. Je regarde mon téléphone : 9 h. Zut, je n'ai pas entendu mon réveil ! Je me lève d'un bond et file dans la cuisine me préparer un café. Le temps qu'il coule, je cours sous la douche. Et c'est en pensant à appeler mon employeur pour le prévenir que je serai en retard que je me souviens que, d'abord, le samedi, je ne travaille pas, et qu'en plus, je suis en vacances. Je suis conditionnée à un point qui me fait peur ! Il faut que je me détende. Je prends un petit-déjeuner et retourne dans mon lit. Je sais que je ne vais pas me rendormir, mais je rêve tellement de pouvoir aller me recoucher toute l'année que je m'accorde ce premier plaisir de congé. J'allume la télévision et ne trouve qu'une seule chaîne qui ne soit ni du téléshopping ni du dessin animé. C'est un reportage sur des familles parties faire le tour du monde avec des camionnettes ou des camping-cars. Je rêverais de vivre ça avec mes enfants, de partir à l'aventure dans un vieux fourgon aménagé... mais il faut beaucoup d'argent pour cela, même pour voyager à la « roots ».

Eurêka ! Je viens d'avoir une idée de vacances qui devrait satisfaire tout le monde... Je ressors de mon lit, enfile mes chaussons et y sens quelque chose d'inhabituel : une grande plume s'est glissée à l'intérieur. Je ne comprends pas comment elle a pu se retrouver là en 30 minutes alors que je n'ai pas ouvert la fenêtre et que ma couette est en synthétique. Mon cerveau tique un peu, mais ne cherche pas à comprendre plus que ça. Je dois retrouver les enfants que ma douche a sûrement réveillés et que j'entends déjeuner dans le salon.

— Bonjour, mes chéris. Je viens d'avoir une idée fantastique pour les vacances. Je loue une voiture, on y jette dedans du matériel de camping et on part à l'aventure avec les chiens. On ne prend que des petites routes, on part sans destination, sans horaires... On roule, on s'arrête quand c'est beau, quand on en a envie... On s'oriente en fonction de la météo, des paysages, des monuments... Bref, on se fait des vacances comme personne n'en passe ! Liiiibres !! Qu'en dites-vous ? C'est génial, non ?

Le silence qui suit cette annonce pourtant pleine d'enthousiasme me laisse supposer qu'il n'est pas partagé. Et je sens une pointe d'inquiétude dans leur regard…

— Mais on va dormir où ? demande Zoé.

— On s'en fiche, on est des aventuriers… on trouvera toujours un camping à la ferme ou un champ. Et si on passe une nuit ou deux dans la voiture, ce n'est pas très grave. L'avantage, c'est que cela va nous coûter beaucoup moins cher que ce que nous avons regardé hier et que nous pouvons donc partir trois semaines au lieu d'une.

(J'avoue une pointe de manipulation avec ce dernier argument, mais je m'autoflagellerai plus tard…)

Cela fait mouche chez ma fille qui se gratte le menton en réfléchissant et en cherchant le regard de Sam pour y deviner son avis.

— On se donne deux jours pour réunir le matériel nécessaire, trouver une solution de garde pour les chats un peu plus longue que celle prévue initialement et faire le plein de courses pour être autonomes quelques jours pour se perdre n'importe où. Zoé ?

— Oui, ça peut être sympa, effectivement.

— Sam ?

— On pourra quand même s'arrêter dans un camping tous les soirs pour que je puisse recharger mon téléphone ? Je ne peux pas rester sans ma musique.

Je m'attendais à des cris de joie, mais je me contente d'une approbation légère. À croire que je suis la seule adolescente de cette maison ! Nous établissons au milieu des bols de céréales la liste des choses à faire, à emmener, à acheter, et nous nous répartissons les tâches de manière équitable : ils préparent leurs sacs et je fais tout le reste. En début d'après-midi du troisième jour, nous sommes prêts à partir. C'est la première fois que je m'en vais aussi sereine. Aucun horaire à respecter, aucun trajet à suivre, pas d'argent à donner aux entreprises d'autoroute que je boycotte autant que possible. Nous chargeons la voiture en mode Tetris pour faire rentrer les milliards de choses que nous avons emmenées. Nous sommes des aventuriers, mais de luxe ! Je voyage avec mon lisseur à cheveux, la cafetière et des tenues qui me permettent de répondre à tous les imprévus possibles : de quoi faire l'ascension de l'Himalaya comme celle des marches du Festival de Cannes ! Zoé a emmené de quoi lire un livre par jour et son matériel de dessin. Il n'y a que Sam qui voyage léger avec ses écouteurs. Une fois le coffre chargé, il est impossible d'y ajouter ne serait-ce qu'une allumette ! Nous attachons ensuite les chiens à l'arrière et nous installons pour partir. Au moment où je démarre la voiture, une plume vole dans l'habitacle par la fenêtre ouverte côté passager jusqu'aux genoux de Zoé. Elle est super belle et Zoé décide de la garder. Hop, dans la boîte à gants, il n'y a plus que là qu'il reste un peu d'espace.

— Vous êtes prêts ? Petit rappel des règles : il n'y a pas de règles ! On mange quand on a faim, on dort quand on est fatigués et on s'arrête quand c'est beau ou qu'on en a envie. Ça vous va ?

Un grand « Ouiiiiii » aigu et un plus petit « OK » me donnent le Go ! Je traverse le parking de la résidence et m'arrête au stop.

— Alors ? Plutôt Sud ? Ouest ? Nord ou Est ?

Zoé :

— Plutôt soleil, j'en ai marre de la pluie et du gris.

Sam :

— Comme vous voulez… Là où on capte.

C'est parti en direction du Sud, en veillant à éviter les grands axes…

2

« *Un voyage de mille lieues commence toujours par un premier pas.* »

Lao Tseu

Sur les premiers kilomètres, l'ambiance dans la voiture est un peu terne. Sam écoute sa musique, Zoé est en train de lire et les chiens me bavent sur l'épaule tout en partageant leur haleine fétide. Ce n'est pas du tout comme ça que j'avais imaginé ce road trip.

— Les enfants, si vous ne voulez pas que je m'endorme dans 10 minutes et que l'on campe à la sortie du département, ça serait bien de me parler un peu. Toute l'année, on se voit en coup de vent, on devrait profiter de ce moment pour discuter de, je ne sais pas moi, vos envies, vos rêves…

Zoé ferme son bouquin et Sam retire son casque, mais personne n'ose se lancer. C'est le moment de tenter de raconter une blague nulle. Je vais être ridicule, mais ça leur donnera l'occasion de se moquer de moi et de dérider un peu l'atmosphère…

— Toto, arrête de tourner…. TOTO, arrête de tourner… TOTO, ARRÊTE DE TOURNER !! Toto, arrête de tourner ou je te cloue l'autre pied !

Gros bide, comme prévu, mais ça marche. Eux qui ne s'adressent la parole que pour se disputer partagent un moment de complicité pour se moquer de moi et de ma capacité à trouver les blagues les plus nulles de la planète.

— Ah non, maman, tu es interdite de blagues pendant trois semaines ! Tu te souviens, Sam, de sa blague sur les blondes ?

— Oui ! On en pleurait de rire tellement elle était nulle ! Et celle avec le génie ? Comment elle fait pour retenir des trucs pareils ?

— En parlant de Génie, dit Zoé, vous connaissez celle-ci ? C'est une blonde, une brune et une rousse qui sont perdues dans le désert. Soudain, la brune trouve une lampe et la frotte pour voir si elle est magique. Un génie sort de cette lampe en leur accordant un vœu chacune. La brune dit : « Je veux rentrer chez moi », et pouf, elle disparaît. La rousse fait le même vœu, et pouf, disparaît aussi. La blonde se met à pleurer et dit au génie : « Oh non, s'il vous plaît, rendez-moi mes copines ! »

Je lance avec un air sérieux un « J'ai pas compris », et comme je suis blonde, ils explosent de rire. Ils enchaînent chacun leur tour avec d'autres blagues, et Sam va même en chercher sur Internet pour ne pas casser le rythme. Certaines leur déclenchent de véritables fous rires, avec de petites larmes qui coulent au coin des yeux. Nous sommes même obligés d'improviser une première pause pipi pour cause de rigolade. Je suis super contente de ma stratégie, même si c'est au prix du sacrifice de ma dignité... Cela faisait longtemps que je ne les avais pas vus ainsi ensemble. Après cet épisode, ils rentrent dans le jeu du voyage. À chaque intersection, ils choisissent en rigolant la destination à suivre : à droite parce qu'il y a un nuage avec une drôle de forme, à gauche parce que le nom du village est rigolo, tout droit parce que le ciel semble plus dégagé au loin... Et moi, je suis les instructions en veillant juste que nous ne nous retrouvions pas à Nantes. L'ambiance dans la voiture est joyeuse... Nous mettons un peu de musique et chantons comme des casseroles à tue-tête. Nous ne captons qu'une seule radio de vieilles chansons françaises, et même Sam se lâche sur des titres de Charles Aznavour ou Joe Dassin.

Nous traversons de magnifiques campagnes, de charmants petits villages, on s'arrête régulièrement pour faire marcher les chiens, prendre des photos. À ce rythme, nous ne serons qu'au sud du département dans trois semaines, mais peu importe. Un petit lien se renoue entre les enfants, et même si je le sais fragile, il n'y a que ça qui compte... même si nous devons faire du sur place.

La lumière du jour commence à changer et nous nous arrêtons au bord d'une rivière au bout d'un chemin emprunté en suivant un panneau indiquant « Le Trou ». Les enfants s'attendaient peut-être à y trouver une énorme cavité, mais nous tombons sur un endroit complètement désert qui, finalement, porte bien son nom. Nous pique-niquons avec le bruit de l'eau, du vent dans les arbres et le chant des oiseaux pour unique fond sonore. Les chiens, habitués à être promenés en laisse, apprécient aussi ce moment de liberté. Ils se mettent à courir comme des fous en dessinant de grands ronds autour de nous jusqu'à l'épuisement. Ils s'allongent ensuite à côté de nous, le museau en l'air en humant cette nature qu'ils ne connaissent pas. Pendant que je leur donne à manger, les enfants tentent de faire des ricochets sur l'eau et construisent des totems avec des pierres. C'est bon de les voir prendre du plaisir avec autre chose qu'une console de jeux ou un téléphone. D'ailleurs, à part pour trouver des blagues, aucun d'entre eux n'y a touché cet après-midi.

Il commence à faire nuit lorsque nous reprenons la route. Nous sommes dans une région agricole et n'avons croisé aucun camping sur notre parcours. Les enfants s'inquiètent de savoir où nous allons dormir, mais je suis en forme et propose d'avancer un peu. Ils s'installent confortablement avec des oreillers et des couvertures. Bercés par la musique et la voiture, ils finissent par s'endormir.

J'adore conduire la nuit ; les routes sont désertes, je peux aller à mon rythme, laisser vagabonder mes pensées... Je roule depuis plusieurs heures, sans trop savoir où je vais, lorsque je commence à ressentir quelques signes de fatigue. Je n'ai aucune idée de l'endroit où nous sommes, je sais juste que la route monte et est sinueuse. À la sortie d'un village, je trouve un parking pour camping-cars. Il y en a quelques-uns installés les uns contre les autres. Je gare la voiture tout au fond du parking, sous un arbre énorme, loin des réverbères et des autres véhicules. Je m'installe aussi confortablement que possible et tente de dormir quelques heures. Je somnole plus que je ne dors, mais au lever du jour, lorsque j'ouvre les yeux, je découvre un paysage magnifique. Nous sommes face à un lac au creux de petites montagnes, avec une brume blanche s'échappant de la surface de l'eau. Lorsque je sors de la voiture, des dizaines de lapins s'enfuient dans tous les sens. Je m'assois face à ce somptueux paysage et attends que les enfants se réveillent. Il règne un calme absolu, les couleurs du lieu changent au fur et à mesure que le soleil se lève, c'est un moment absolument délicieux. Les enfants me rejoignent une demi-heure après et sont eux aussi subjugués par le spectacle. Nous entamons une longue marche autour du lac avec les chiens et tombons sur un bar avec une énorme terrasse sur pilotis au-dessus de l'eau. Nous sommes tous un peu fatigués, mais la beauté du lieu nous le fait oublier. Nous commandons un vrai petit-déjeuner, avec du pain frais, du beurre, de la confiture et du jus d'oranges bien frais. Prendre son temps, traîner et savourer le soleil est un vrai régal. Je voudrais des matins comme celui-ci tous les jours pour mes enfants. Même les chiens assis côte à côte face au lac semblent fascinés par le paysage.

Puisque nous avons fait beaucoup de route hier, nous décidons de nous installer dans les parages et d'explorer les environs. Nous devons nous éloigner du lac où les campings sont trop pleins de monde et il nous faut une heure de trajet avant de trouver un charmant camping à la ferme quasiment vide au bord d'un petit cours d'eau. Les emplacements sont grands, délimités par d'énormes arbres, et nos premiers voisins sont très éloignés. Nous commençons le montage de la tente. On l'a choisie assez grande pour avoir un peu de confort, mais il faut bac plus douze pour en comprendre le fonctionnement. Je m'installe dans la voiture pour lire le mode d'emploi, mais arrivée à la moitié, les enfants viennent me prévenir qu'ils ont terminé et qu'il ne reste plus qu'à gonfler les matelas.

— J'ai bien fait de vous emmener, j'en suis toujours à la lecture du mode d'emploi ! Et vu la compréhension que j'en avais, on était partis pour dormir trois semaines dans la voiture…

— Ha ha ha ! Toi, tu conduis, nous, on construit. Ça te va ?

Eh bien ! Non seulement ça me va, mais que mon fils s'investisse et se projette, ça me fait extrêmement plaisir. Ce n'est vraiment pas grand-chose, mais sa bonne humeur me fait du bien. En moins d'une heure, tout est installé. Après une longue douche, Zoé et moi profitons de ce décor idyllique en nous posant avec un bouquin tandis que Sam est parti s'allonger avec sa musique. Ses fantômes ne vont pas disparaître d'un coup, j'en ai bien conscience. Je ne sais pas combien de temps nous restons ainsi, mais se détendre avec ce bruit de cours d'eau, le chant des cigales et cette douce chaleur est un vrai régal. Cette belle parenthèse est soudainement interrompue par la voix enrouée de mon ado :

— M'man, j'ai faim !

Je pense que c'est la phrase la plus entendue de mon existence depuis la naissance de mes enfants, à moins que cela soit : « Où est mon […] ? Où sont mes […] ? » Tout le monde met la main à la pâte pour la préparation du repas, sans que je ne demande rien et surtout sans tensions entre les enfants, ce qui est rare à la maison. Je le leur fais remarquer et les remercie. Ils ne disent rien, mais je remarque que chacun a un petit rictus de fierté au coin des lèvres. Message passé. Nous partons ensuite explorer les environs et trouver quelques fruits. Au stop en sortant du camping, nous mettons en marche notre nouveau GPS maison : nous tournons à gauche, car il y a un nuage en forme de cœur. Nous avons eu raison, car nous arrivons dans un village médiéval adorable, avec très peu de touristes. Nous en visitons chaque ruelle tout en essayant d'imaginer la vie des gens au Moyen Âge. Les portes d'entrée sont toutes petites, et nous imaginons tous les habitants avec d'énormes bandages sur la tête ou des torticolis. Et là, entre rires et vieilles ruines, mon fils se met à effectuer une recherche sur son téléphone pour nous raconter l'histoire de ce village avec beaucoup de sérieux. Lui qui a été incapable de lire quoi que ce soit depuis deux ans s'intéresse à un sujet d'histoire. Il n'est pas sûr de lui et accroche quelques mots, mais ni Zoé ni moi ne faisons la moindre remarque. On se regarde juste toutes les deux un peu étonnées et on surjoue notre intérêt pour ces vieilles pierres. Alors qu'il nous montre des croquis du village à l'époque du pont-levis, une belle plume se pose alors sur son téléphone. Je la ramasse et la mets discrètement dans mon sac à main… Cette histoire de plumes commence à me laisser perplexe. Elles semblent arriver de nulle part à chaque fois que nous vivons quelque chose de bon pour nous. Je suis très cartésienne et ne crois en rien de particulier, mais là, ça fait beaucoup, à moins que l'on ne soit en pleine période de « calvitie » chez les oiseaux. Nous terminons cette promenade par l'achat de glaces, de fruits et de pizzas végétariennes. Nous rentrons dans notre château en tissu pour une soirée jeux et musique. Sam, qui préfère habituellement s'isoler, reste avec nous. Il participe timidement, mais il joue. Il manque de confiance en lui, mais sa sœur l'encourage et nous passons une très agréable soirée pleine de rires. La nuit précédente a été courte et la fatigue se fait sentir depuis un petit moment déjà. Nous n'avons pas regardé l'heure de la journée, ça fait tellement de bien. Nous allons nous coucher sur nos matelas pneumatiques ultra gonflés, mais tellement plus confortables que le siège du conducteur. Les chiens ont un peu peur de rentrer dans cet étrange endroit qu'ils découvrent pour la première fois de leur vie, mais finissent par se trouver une place sur le sol. Évidemment, dès que nous avons les yeux fermés, ils s'installent allègrement sur nos jambes en nous faisant décoller du matelas.

La nuit a été ultra réparatrice, même si ce silence absolu m'a réveillée plusieurs fois. Je réalise à quel point nous nous habituons à des choses néfastes. Être sortie du sommeil à cause de l'absence de bruits m'interpelle sur mon conditionnement. Entre les nuisances sonores, la pollution, des transports ressemblant à des bétaillères et des appartements format cages à lapins, je me félicite d'avoir tenu autant de temps sans avoir tout cassé. Pour le moment, c'est mon dos qui est un peu en miettes et mes difficultés à sortir de mon lit provoquent l'hilarité de mes enfants. Pendant le petit-déjeuner, nous décidons de lever le camp et de repartir à l'aventure. Notre GPS maison du jour : suivre les routes où il y a le moins de circulation. Cela nous amène à traverser des zones de nature très sauvages et magnifiques. Nous apercevons des panneaux indiquant la direction de Brive-la-Gaillarde. Les enfants aiment bien le nom et nous partons à sa rencontre. On y retrouve toutes les enseignes de chaînes de magasins habituelles, dont beaucoup que je boycotte pour non-respect des conditions de travail de pauvres gens exploités à l'autre bout du monde. Il y a beaucoup de monde, de bruits et d'odeurs pas très agréables. Je ne m'y sens pas très bien, je crois que je suis également « villophobe ». Si l'architecture est jolie, je sens que les enfants s'ennuient un peu. Lorsqu'on n'a pas l'esprit acheteur, le cœur des villes est devenu sans intérêt. Nous reprenons la route en essayant de nous éloigner des nuages qui menacent à l'ouest. L'ambiance dans la voiture est toujours aussi joviale. Roulant au milieu de nulle part, sur de toutes petites routes de campagne, nous chantons, rigolons… La complicité revient un peu plus chaque jour dans cet habitacle. Nous rejoignons malgré nous des routes de plus en plus grandes et encombrées et finissons bloqués dans des embouteillages. Mais avant même que j'aie le temps de dire quoi que ce soit, c'est ma fille qui repère une échappatoire :

— Maman, tourne à droite au niveau du petit pont en fer, on verra bien où ça nous mène. Ça sera toujours mieux que ces bouchons !

— À vos ordres, copilote !

La route est très étroite et le pont enjambe la Dordogne. Nous nous retrouvons face à une falaise à laquelle sont accrochés quelques habitats troglodytes. La route a été creusée dans la pierre et nous avançons avec des tonnes de roches au-dessus de nos têtes. C'est aussi impressionnant que magnifique. Nous longeons ainsi la Dordogne un petit moment avant de trouver un espace où nous pouvons stationner. Un petit chemin en terre se dessine au milieu d'arbustes assez denses. Nous prenons quelques affaires pour un pique-nique et l'empruntons en espérant que cela mène à un endroit sympa au bord de l'eau. Après avoir enjambé quelques troncs d'arbres morts et laissé quelques bouts de peau sur des ronces, nous arrivons sur une petite plage de galets complètement déserte. La vue est à couper le souffle : l'eau est limpide, le ciel est d'un bleu azur et les ruines d'un vieux château de l'autre côté de la rive nous propulsent dans un autre temps. Un peu plus en amont, on devine une plage assez bondée et nous nous sentons privilégiés d'avoir découvert ce petit coin de paradis loin des sentiers battus. En quelques secondes, Zoé se retrouve en slip et s'avance en se tordant les pieds dans tous les sens dans la rivière, tout en essayant de rester digne. L'eau n'est pas assez chaude à mon goût, mais elle est claire, sans courant et peu profonde. Je détache les chiens qui partent en courant rejoindre ma fille à coups de grosses éclaboussures. Sam, assis sur un tronc d'arbre, sourit en observant tout ce petit monde en train de jouer. Il est très pudique et se cache derrière de grands survêtements, quelle que soit la saison. Je sais que nous sommes en été juste parce qu'il ne met pas sa capuche. C'est mon baromètre. Et là, sous mes yeux étonnés, mon fils se déshabille et se retrouve dans la rivière en caleçon. Il joue avec sa sœur et arrose les chiens qui courent en rond (un truc de cette espèce, sûrement !). Le visage des enfants est radieux, leurs yeux brillent et leurs sourires sont contagieux. Ils s'assoient ensuite un instant dans l'eau côte à côte et se mettent à parler ensemble. Je n'arrive pas à entendre l'intégralité de leurs échanges, mais suffisamment pour comprendre qu'ils parlent de leur relation depuis deux ans. Ma fille lui explique qu'elle comprend ce qu'il a traversé, mais aussi tout ce que cela a impliqué comme changements pour elle et surtout que cela ne justifiait en rien certains de ses comportements. Sam l'écoute et décrit ce que lui a vécu, ressenti et pourquoi il s'est comporté ainsi bien malgré lui. La conversation est calme, posée, pleine d'empathie. Chacun demande, à sa façon, pardon à l'autre. Je suis en train de cuire en plein soleil, mais n'ose pas bouger d'un millimètre de peur que le moindre bruit n'interrompe ce moment exceptionnel et plein de profondeur. Ma fierté me fait verser une petite larme (à traduire par « je pleure à chaudes larmes » pour plus de réalisme) lorsqu'ils s'enlacent et restent bras dessus bras dessous, les fesses dans l'eau, un long moment. Ce voyage est pour le moment celui de la réparation... Nous nous installons pour déjeuner sous l'ombre d'un magnifique arbre penché vers la Dordogne alors que les chiens choisissent de rester allongés à moitié dans l'eau. Les enfants sortent la nourriture et soudain Sam s'écrit :

— Regarde, maman, encore une plume au fond du sac ! Pourtant, il était bien fermé !

— Je ne sais pas si vous avez remarqué, les enfants, mais depuis que nous avons eu l'idée de ce road trip, on trouve des plumes à chaque fois que nous prenons une bonne décision ou que nous vivons un moment parfait.

— Je crois surtout que tu es restée trop longtemps au soleil.

— Je sais, ça paraît dingue... mais il y en avait une dans mes chaussons lorsque j'ai eu cette idée de voyage, une dans la voiture lorsque nous avons pris la route, une autre lorsque Sam s'est intéressé à l'histoire du village médiéval, et enfin, une ici après que vous vous êtes réconciliés...

Ils rigolent, mais la mettent quand même de côté pour la ranger avec les autres. Une petite pointe de magie se marie bien avec les métamorphoses qui accompagnent ce voyage. Je vois dans leurs yeux une lueur d'espoir qui avait disparu depuis trop longtemps...

— ... Alors je comprends l'inquiétude que je peux lire dans votre regard concernant mon état mental, mais il n'empêche que c'est vrai. Sûrement un pur hasard, je vous l'accorde... Mais qui sait ?

3

« La vérité n'est pas le bout du chemin ; elle est le chemin même. »

André Comte-Sponville

Nous restons un long moment à profiter de cet endroit magnifique. Lorsque les enfants remontent dans la voiture, ils sont encore mouillés, enroulés dans une serviette. Ça me rappelle mes vacances d'été sur la Côte d'Azur lorsque j'étais petite et que nous rentrions d'un après-midi à la plage dans la R16 grise de mon père : des banquettes en skaï qui brûlaient le dos, sans ceintures de sécurité et sur lesquelles les maillots de bain mouillés pleins de sel laissaient de grosses empreintes blanches. Ma seule occupation à ce moment-là était de ne pas m'endormir avant l'arrivée à la boulangerie où j'avais droit à une glace. J'espère que ce voyage laissera de tels souvenirs à mes enfants, qu'ils se rappelleront à 45 ans de cet endroit, de ce moment, de la sensation du slip mouillé dans la voiture. Lorsque je leur raconte ce souvenir, Sam me demande très sérieusement :

— Ça existait déjà les voitures quand tu étais jeune ?

Les deux explosent de rire…

— Non, nous allions à la plage à dos de mammouth, nos maillots étaient en peau de bête et je vivais dans une grotte !

J'aime qu'il me taquine et ce retour de complicité avec sa sœur. Leurs rires sont comme une douce musique dont je ne me lasse pas sur cette route sinueuse et déserte dans cette région pourtant touristique. Ils me questionnent sur ma jeunesse, mon enfance. Ils savent que j'ai été abandonnée par ma mère à la naissance et placée dans une famille d'accueil qui m'a adoptée à ma majorité. Je leur ai toujours servi une version édulcorée, un scénario « Bisounours » pour que cela ne soit pas trop anxiogène pour eux et, jusqu'à aujourd'hui, cela leur convenait. Mais les liens qui se retissent doucement depuis notre départ font ressurgir de vieilles angoisses dans leurs esprits, comme s'ils voulaient que l'on continue de laver nos liens une bonne fois pour toutes. Ils me bombardent de questions, leurs bouches deviennent de véritables mitraillettes qu'ils allument chacun leur tour :

— À quel âge tu as su que tes parents n'étaient pas tes vrais parents ?

— À dix ans.

— Comment l'as-tu appris ?

— En demandant pourquoi mon nom sur la boîte aux lettres n'était pas le même que le leur.

— Qu'as-tu ressenti ? Tu étais triste ?

— J'étais très surprise et en même temps très excitée. Dans ma tête d'enfant, je réalisais juste que je n'étais pas comme tout le monde… C'était un mélange de surprise, de curiosité, mais aussi d'un peu de tristesse, c'est vrai.

— Que penses-tu de ta mère biologique ? Tu la connais ?

— Je lui ai pardonné, ce n'est pas de sa faute. Je la connais, oui… Nous étions obligées par la DDASS de nous voir deux fois par an minimum. Mais je l'ai détestée pendant de longues années.

— Aimais-tu tes parents adoptifs comme tu nous aimes ? Tu étais très triste lorsqu'ils sont morts ?

— Oui, évidemment que je les aimais. Et je me suis effondrée lorsqu'ils sont décédés.

— Si nous étions adoptés, tu nous le dirais ?

Je crois que c'est cette dernière question qui est importante et ils ne pourront me croire que si je joue franc jeu avec eux. Je leur raconte tout, avec la plus grande sincérité possible. J'ai eu une enfance heureuse et insouciante malgré ce départ dans la vie un peu particulier. J'ai reçu beaucoup d'amour… mais c'est vrai que ce parcours a aussi laissé des blessures : je suis celle qui n'a pas été choisie par sa mère. Elle n'a même pas choisi mon prénom, je le dois à la sage-femme. Et la mort prématurée de mes parents adoptifs lorsque j'avais 18 et 22 ans a ravivé des blessures d'abandon qui m'ont empêchée de vivre sereinement pendant des années. À la naissance de Sam, j'ai eu besoin de comprendre comment une mère pouvait laisser son enfant, sans jamais s'en soucier. J'ai donc retrouvé cette femme que j'ai détestée durant des années, juste pour connaître son histoire, son chemin et comprendre. J'ai découvert une femme pleine d'humour, mais avec une vie digne des livres de Zola : misère sociale, affective, intellectuelle. J'ai compris qu'elle avait fait ce qu'elle pouvait avec ce qu'elle était et cela m'a profondément apaisée. C'est parce que je connais l'importance de ne jamais mentir à un enfant que je leur promets qu'ils ne sont pas adoptés.

Ce récit plombe un peu l'ambiance, mais je sens que les enfants découvrent une image de moi loin de cette maman forte en toutes circonstances et que cela les touche. Comme si cela me rendait plus humaine… Je les rassure comme je le peux, leur explique que ces expériences m'ont permis de devenir celle que je suis.

— Vous aussi avez vécu des épreuves : le divorce de vos parents, le remariage de votre père avec une femme que vous n'aimez pas, la dépression de Sam… Je sais que ce n'est pas facile. Et si jamais je vous ai blessés en disant ou non, en faisant ou non certaines choses, je vous demande pardon. Je ne suis pas parfaite, personne ne l'est. Chacun avance dans la vie avec ses propres blessures, ses fantômes et fait comme il peut. Pour votre père, c'est la même chose… Vous avez plein de bonnes raisons de lui en vouloir, mais lui aussi se trimballe des casseroles familiales que vous connaissez. Apprendre à 30 ans que son père n'est pas son vrai père et que toute sa famille est au courant, mais n'a rien dit, vous imaginez bien le choc que cela a pu lui faire. Ce que j'essaie de vous faire comprendre, c'est que tout ça n'est pas de votre faute, vous n'y êtes pour rien… Ce n'est pas vous qui méritez tout ça, c'est l'histoire des autres qui vous a éclaboussés. Mais comme lorsque j'étais plus jeune, vous êtes entourés d'amour. Et pardonner, c'est se libérer… Vous comprenez ?

— Mais maman, tu n'as rien à te faire pardonner… On réalise très bien que tu fais tout le temps au mieux pour nous. N'est-ce pas, Sam ?

— Oui. Et nous l'oublions quelques fois…. Ça serait plutôt à nous de nous faire pardonner pour tout ce que nous te faisons endurer : nos disputes, nos exigences, nos caprices…

— Non, ça, c'est normal. Vous apprenez la vie, vous expérimentez les rapports humains, vous testez les limites. C'est mon rôle de vous guider sur ce chemin. Mais je crois que depuis deux ans, chacun est parti s'enfermer dans ses problèmes et je n'ai pas réussi à vous en libérer et à nous réunir.

— Maintenant que c'est fait, on pourrait peut-être reprendre là où on en était avant ce tsunami ? propose Zoé.

— Je vote pour ! dit Sam.

J'arrête la voiture à une intersection donnant sur un chemin et nous descendons tous de la voiture pour nous faire un énorme câlin. Je sais à ce moment précis que nous sommes redevenus une famille où chaque membre veillera sur les autres avec bienveillance. Des larmes de joie m'envahissent… Ce n'est pas un road trip, mais un pleur trip !

En démarrant la voiture, nous découvrons juste en face du capot un panneau indiquant un camping à la ferme au bout du petit chemin en terre sur lequel nous avons fait notre pause bisous. Une route commençant par cela ne peut être que de bon augure. Nous choisissons de camper ici cette nuit. L'homme qui nous accueille n'est pas débordant de chaleur humaine, mais il nous accompagne à un emplacement qui nous laisse sans voix. Notre espace est immense, entouré de hauts buissons, et avec une vue stupéfiante sur une vallée qui semble s'étendre à l'infini et de petites montagnes. Je n'ai aucune idée d'où nous sommes, mais c'est magnifique. Le monsieur nous prévient que de gros orages sont attendus pour le lendemain soir sur toute la moitié sud de la France qui est en alerte orange et nous décidons de rester deux nuits pour observer ce feu d'artifice naturel de cet endroit. Ce camping familial propose également une piscine, une table de ping-pong et une petite guinguette toute mignonne où des repas à prix très raisonnables sont servis. Nous installons notre campement et filons déguster une énorme salade en terrasse sous des lampions multicolores. Une journée riche en émotions qui se termine avec un magnifique coucher de soleil dans ce décor de rêve. La nuit est calme et reposante, même si les chiens gagnent un peu plus d'espace chaque soir sur nos matelas.

Dans la matinée, nous profitons de la piscine dans ce cadre toujours aussi idéal. Allongés dans un transat, nous nous interrogeons sur ce qu'il peut bien y avoir au bout de la vallée. Qu'à cela ne tienne, nous n'avons qu'à aller voir… Nous envisageons de partir pour deux petites heures et revenir profiter de la piscine en fin d'après-midi. Bob et Gotcha se sont bien habitués à cette nouvelle vie de bohème et montent en voiture avec enthousiasme. Pendant que je conduis, Zoé se met à dessiner. Elle adore ça, et c'est souvent signe qu'elle se sent bien. Elle fait mon portrait de profil au volant. C'est vraiment très réaliste, même si j'ai un peu trop de double menton à mon goût. Je conduis depuis une demi-heure lorsqu'un panneau indique Rocamadour. C'est étrange de savoir où nous sommes d'un seul coup, de se rattacher au monde. Je garde un excellent souvenir de cet endroit visité avant la naissance de mes enfants et j'ai hâte de leur faire découvrir ce petit bijou. Nous rejoignons de plus gros axes routiers et l'accès par le haut du village est presque saturé. Nous mettons un temps monstrueux à accéder au parking et la queue pour accéder aux ascenseurs est interminable. Ni les enfants ni moi n'avons envie d'attendre en plein soleil au milieu de cette foule. Nous ne sommes pas certains d'être autorisés à être accompagnés des chiens et, vu la température, il n'est pas question de les laisser dans la voiture ne serait-ce que quelques minutes. Nous tentons donc un accès par le bas du village, mais rapidement, nous sommes bloqués dans un immense embouteillage. Les voitures sont à l'arrêt et des piétons en direction de la vieille ville affluent de toute part, ce qui rend les chiens très nerveux. Il est malheureusement impossible de faire demi-tour et nous subissons cela pendant presque une heure. Nous passons devant une vieille porte de la cité et apercevons la petite rue pavée du Moyen Âge fourmillant de monde. Nous sommes tous d'accord pour nous enfuir de cet enfer. Lorsque la route se dégage enfin, nous empruntons une route sinueuse, traversons un petit tunnel creusé sous la roche et nous retrouvons en haut d'une falaise juste en face de Rocamadour. Nous sommes très peu à profiter de cette vue pourtant unique. On en oublie presque l'effervescence au sein de cette fourmilière. Là, il n'y a que le village accroché à la falaise et la Dordogne. Zoé s'installe sur une énorme pierre et se lance dans une aquarelle pour immortaliser ce moment. Nous poursuivons ensuite notre expédition à travers les Causses du Quercy, un parc naturel magnifique. Une vraie douceur pour les yeux qui permet de se vider la tête… enfin, jusqu'à ce que les enfants mettent en route la mitraillette à questions. Et c'est Sam qui tire le premier :

— Pourquoi tu ne retombes pas amoureuse, maman ? C'est à cause de moi ?

— Non, mon chéri. Pourquoi voudrais-tu qu'il y ait un lien avec toi ?

— Eh bien parce que ça peut faire peur, une maman avec un fils qui a eu autant de problèmes.

— Mais comment peux-tu imaginer un truc pareil ? Cela n'a rien à voir… Je suis seule parce que c'est ce dont j'ai envie.

— Maman, Sam a raison. Tu as rompu avec David au début de sa phobie scolaire. Tu es restée 3 ans avec lui et quand mon frère a eu ses ennuis, l'histoire s'est arrêtée tout doucement. C'est normal que l'on imagine qu'il y ait un lien.

— C'est fou ça ! Pourquoi avez-vous mis autant de temps à me demander ça ? Vous vivez avec ce film complètement faux dans votre esprit depuis deux ans ?

En même temps que je parle, je m'avoue ne jamais leur avoir raconté la vérité sur la fin de cette relation. J'ai un peu arrangé la vérité pour les protéger, mais ils ont des antennes redoutables. Et je ne veux pas leur épargner ma souffrance si c'est pour qu'ils en imaginent une autre…

— Ma rupture avec David n'est en aucun cas en lien avec Sam, je vous le promets. Après six mois de relation absolument magiques, il a commencé à changer et d'une façon très subtile, il a réussi à me faire croire que j'en étais responsable. Ça s'appelle une relation toxique. Je l'ai compris au bout d'un an, mais j'avais du mal à croire que c'était possible. Je pensais que je pourrais le changer, l'aider à retrouver celui qu'il avait été les six premiers mois. Je vous ai caché tout ça parce que vous vous entendiez bien avec ses enfants et qu'avec lui, ça ne se passait pas trop mal, même si cela n'était pas parfait. Lorsque Sam a commencé sa dépression, même si elle n'avait aucun lien avec David, j'ai réalisé que je ne pouvais absolument pas laisser une personne toxique s'approcher de près ou de loin de lui, ni même de toi, Zoé. Et c'est ce qui m'a donné la force de rompre avec lui. C'est vous qui m'avez donné ce courage…

— Mais pourquoi tu ne nous as jamais raconté ça avant, maman ? C'est horrible de garder ça pour toi toute seule.

— Tu sais, ma chérie, je crois que je voulais vous protéger... Vous commenciez à prendre conscience de la part sombre de la nature humaine avec les attentats, les migrants, les profs pas toujours bienveillants avec ton frère, la maltraitance des animaux... Je ne voulais pas vous ouvrir les yeux en plus sur ce type d'individus. Et puis aussi parce que j'avais honte. Honte de m'être fait manipuler, honte de vous avoir embarqués dans une telle histoire. Je me suis réparée toute seule de cette relation et ça a pris du temps. Aujourd'hui, je vais bien, vraiment. Vous n'êtes en rien responsables de mon « célibat ». Je le suis parce que je le veux.

— Tu sais, maman, je serais content que tu rencontres quelqu'un. Pas toi, Zoé ?

— Bien sûr que oui ! Tu le mérites tellement... Maintenant que nous sommes grands, il est temps que tu penses à toi.

— C'est gentil, merci, mes chéris. Mais ne vous souciez pas de cela, ce n'est vraiment pas ma priorité... Je suis prête à revivre une histoire, mais je veux LA rencontre. On verra bien ce que la vie mettra sur ma route. Et pour le moment, elle met une boulangerie ouverte... On se prend des gâteaux pour ce soir et célébrer notre nouvelle vie sans non-dits ?

Le ciel commence à se charger de nuages et nous devons rentrer rapidement à notre campement pour bien nous préparer aux gros orages qui sont annoncés. Le soleil donne à l'horizon une couleur orangée et violette, c'est féérique. Arrivés au camping, nous nous dépêchons de charger le maximum d'affaires dans la voiture que nous garons juste devant la tente, prête à nous servir de refuge si besoin. Nous renforçons les fixations de notre maison en tissu et débranchons l'électricité. Nous nous installons sous l'auvent pour dîner lorsqu'il se met à pleuvoir. J'adore le bruit des gouttes sur la tente, je trouve ça reposant. Autant je déteste le bruit des gens qui mangent la bouche ouverte ou le tic-tac des horloges, autant ce son-là me berce. En même temps que nous dégustons nos gâteaux, nous observons les éclairs qui illuminent la vallée. Je ne crois pas en avoir vu autant de mon existence, ça s'éclaire de tous les côtés et on peut voir quasiment tous les reliefs comme en plein jour. Les chiens grattent la porte en tissu de la chambre ; ils détestent ce qui est en train de se passer. Du coup, les enfants, pas très rassurés par l'attitude des chiens, commencent eux aussi à stresser devant l'ampleur du phénomène et se retrouvent au lit avant que j'aie le temps de dire ouf. Rien de ce que je peux leur dire ne semble apaiser leur peur. Je reste donc seule un moment à observer les éléments se déchaîner, c'est fascinant. Lorsque je rejoins tout ce petit monde sous la tente, alors que je m'attends à les voir complètement paniqués et cachés sous la couette, je les trouve tranquillement installés avec leur lampe frontale en train de lire. De voir mon fils avec un livre entre les mains me surprend tellement qu'en voyant ma tête, il se justifie tout de suite :

— Bah quoi ? Je ne vais certainement pas écouter de la musique sur mon téléphone avec ce temps !

— Mais c'est très bien, mon grand ! Il ne faut pas avoir peur, vraiment !

— Mais je n'ai pas peur, maman. Regarde ce que j'ai trouvé sur mon oreiller en allant me coucher.

Il me tend une plume assez grosse, grise et blanche, puis la remet sous son oreiller. Je suis contente que la magie de la plume opère, mais je me demande toujours comment elle a pu encore une fois se retrouver là. L'orage s'intensifie et se rapproche à grande vitesse. La foudre qui tombe à proximité fait trembler la terre. Je me demande s'il ne serait quand même pas plus prudent de dormir dans la voiture cette nuit, mais le visage des enfants est calme et paisible. C'est la première fois que je panique avant eux… Je regarde Sam dormir avec le bout de sa plume dépassant de son oreiller. Et si la cartésienne que je suis acceptait toutes ces plumes comme un signe ? De qui, de quoi, je n'en sais rien… mais juste accepter ce qui est sans me poser de questions, lâcher prise. Instantanément, je me détends, nous ne craignons rien et je m'endors bercée par le tonnerre qui gronde.

4

« Tout rêve d'avenir métamorphose la manière dont on éprouve le présent. »

Boris Cyculnick

Au réveil, le ciel est d'un bleu immaculé et seule l'humidité du sol rappelle les intempéries de la nuit. Nous profitons d'un dernier petit-déjeuner face à cette vallée magnifique puis de la piscine avant de démonter notre campement. Nous sommes toujours un peu tristes de quitter nos quartiers, mais en même temps très excités de repartir vers l'inconnu. Et nous ne sommes étonnamment pas fatigués du tout de cette vie de nomade. Nous traversons le Lot, nous arrêtons un court instant à Cahors le temps d'un déjeuner en nous remémorant nos précédentes vacances pas très loin de cette jolie ville. Nous poursuivons notre trajet vers Saint-Circq-Lapopie. Vu d'en bas, ce petit village médiéval accroché à la falaise est super beau, mais plus nous nous rapprochons, plus nous réalisons que nous ne sommes pas les seuls à avoir eu cette idée d'escale. De grands parkings ont été créés tout autour, j'ai l'impression de chercher une place dans un aéroport. Je suis un peu stressée, car il y a vraiment beaucoup de monde pour nos chiens plutôt craintifs. Effectivement, dès que nous avançons dans les petites rues pavées du village remplies de touristes, les chiens tirent dans tous les sens pour essayer de fuir cette foule. Des enfants sont attirés par ces boules de poils et s'approchent pour les caresser, ce qui les stresse encore plus. Je propose aux enfants de continuer la visite sans moi pour les écarter de cet enfer, mais Sam me surprend :

— Il n'est pas question que tu te sacrifies, maman. On va prendre les petites ruelles, se relayer, mais on reste ensemble et on protège les chiens.

Il joint le geste à la parole en se rapprochant des enfants et en leur expliquant qu'il ne faut pas toucher des chiens que l'on ne connaît pas, surtout lorsqu'ils ont peur. Il fait ensuite la morale aux parents qui sont juste derrière :

— Si vous voulez absolument des enfants avec des moignons, continuez de les laisser tripoter tous les chiens qu'ils croisent.

Il me prend les laisses des mains et part dans une ruelle déserte avec les deux chiens où il s'agenouille pour les rassurer avec de grosses caresses. Avec Zoé, nous restons bouche bée. Jamais il n'aurait osé s'exprimer ainsi avant, surtout face à des gens qu'il ne connaît pas. Il reprend confiance en lui à une vitesse hallucinante. Bon, il n'y a peut-être pas mis les formes attendues, mais ce n'est pas grave. Son approche m'a fait plutôt rire. Mais ce qui me touche le plus, c'est son empathie pour Bob et Gotcha. Il aime les animaux, car il me ramène à la maison tous ceux en détresse qu'il trouve dans la rue, mais au quotidien, il ne leur porte pas beaucoup d'intérêt. Comme s'il était incapable de démonstration d'amour. Et là, tous ses verrous sautent d'un coup. Nous visitons le village en évitant les rues commerçantes, trop fréquentées, avec un Sam en mode *Bodyguard* pour chiens, le Kevin Costner de la SPA, c'est trop mignon. Même dans le petit bar caché sous une tonnelle en vignes où nous nous arrêtons prendre un verre, il pense à eux et demande une gamelle d'eau. Ce n'est pas grand-chose, mais ces petits riens retissent les liens. Sur cette terrasse ombragée, nous ressemblons à une vraie famille, ça fait du bien.

De retour dans la voiture, Sam s'endort avec la tête des deux chiens sur les genoux. Eux aussi ont senti un changement et viennent maintenant vers lui. Zoé se met à dessiner. Je ne sais pas comment elle fait pour réussir à faire ça en roulant. J'ai la nausée rien qu'en lisant les panneaux sur la route. Elle dessine au fusain son frère endormi avec Bob et Gotcha. Elle ne se retourne que très peu de fois pour faire un dessin très ressemblant tout en nuances d'ombres.

— C'est magnifique, ma chérie. Tu as un vrai talent, est-ce que tu le sais ?

— Tu trouves ? Je pense que tout le monde sait faire ça, non ?

— Je te jure que non ! Et je te le prouve tout de suite !

Je gare la voiture sur le côté de la route déserte, prends son bloc et commence à faire le même dessin, en essayant de m'appliquer autant que possible. Mais même en tirant la langue et en y mettant toute ma meilleure volonté, mon dessin ressemble à une nature morte de patates. Elle est écroulée de rire. Je lui demande de me montrer ses productions depuis le début des vacances et chacune de ses feuilles est plus magnifique que la précédente. Il y a tous les styles : réaliste, abstrait, coloré, noir et blanc… C'est trop beau.

— Je savais que tu étais douée, mais là, c'est carrément un don que tu as ! Tu as déjà pensé en faire ton métier ?

Elle sourit, mais semble surprise.

Je redémarre et nous poursuivons cette conversation en roulant.

— Zoé, es-tu sûre de vouloir faire une école de commerce ?

— Ce n'est pas ce que j'ai envie de faire, c'est le moins pire que j'ai trouvé pour m'assurer d'avoir du travail derrière.

— Tu réalises ce que tu dis, ma grande ? Ça fait des mois que tu me parles de cette orientation alors que ce n'est pas ce que tu aimes ?

— J'aime bien… enfin… je crois. Mais c'est surtout que lorsque j'ai parlé des métiers d'art à la conseillère d'orientation, elle m'a dit qu'il n'y avait aucun débouché. C'est elle qui m'a parlé d'une école de commerce et de la prépa.

— Zoé, tu sais que tous les matins jusqu'à ta retraite, c'est-à-dire pendant plus de 40 ans, tu vas te lever pour exercer un métier ? Et crois-moi sur parole, quand tu n'aimes pas ce que tu fais, que tu n'y prends pas de plaisir, chaque matin est un enfer, chaque journée est un calvaire. Fais ce que tu aimes, Zoé. Ne te préoccupe pas des débouchés, l'important, c'est que tu t'éclates chaque jour.

— Il faut bien manger et payer un loyer, quand même ?

— Tu parles comme si tu avais 50 ans ! Tu es jeune, tu as des parents qui assument ta bouffe et ton toit. Tu as juste à faire ce que tu aimes… On annule ton inscription en prépa et tu fais une année blanche pour savoir vers quoi tu veux réellement t'orienter, si tu veux. Pendant un an, tu prends quelques cours de dessins, de peinture, de sculpture ou des stages pour découvrir des univers, des métiers… Ça te laisse un an pour savoir ce qui réellement te fera vibrer.

— C'est vrai que ça serait bien, mais que va dire le reste de la famille ?

— Mais on s'en fiche de ce qu'ils vont dire ou penser. C'est ta vie, tu n'en as qu'une. Et puis on ne sait pas de quoi demain sera fait, donc autant profiter d'aujourd'hui à 100 %. Peut-être que dans trois ans, la terre se prendra une météorite sur la tête. Et toi, pendant trois ans, tu te seras cassé la tête à faire un truc chiant au lieu de prendre du plaisir chaque jour !

— Oui, mais si on ne se prend pas de météorite sur le casque, je vais vivre de quoi ?

— Il y a un proverbe canadien qui dit : « Il sera bien temps de se demander comment on traverse le pont une fois que l'on sera devant. » Cela veut dire que ça ne sert à rien de s'angoisser maintenant pour un truc qui arrivera potentiellement dans trois ans… Peut-être que tu vas te découvrir une passion, un talent que tu ignores, un rêve ? Ne choisis jamais rien par défaut, crois-moi…

— Tu as raison… Et en fait, là, tout de suite, je me sens libérée d'un poids terrible. J'étais super stressée de rentrer dans cette prépa. Ce que j'aime, c'est l'art sous toutes ses formes et la psychologie. C'est vrai que ça serait top de pouvoir explorer ces deux pistes avec cette nouvelle façon de voir les choses. Mais tu sais, c'est fou quand même qu'aucun des professionnels de l'orientation ne m'ait jamais parlé comme ça !

— Ce qui est encore plus fou, c'est que je sois passée à côté de ça !! Je réalise qu'à vivre à deux mille à l'heure tout le temps, je t'ai laissé gérer ça toute seule. Dans ce système, on fait des enfants qui sont confiés à deux mois à des nourrices, à trois ans à des instituteurs, et plus grands, pour des choix de toute une vie, à des conseillers d'orientation ! Waouh ! Une grosse claque, cette prise de conscience ! Je n'ai pas été assez présente pour vous parce que je devais assurer professionnellement, financièrement, socialement… C'est en te parlant que je réalise que je n'ai pas fait ce que je te conseille.

— Tu n'as pas à t'en vouloir, maman, on sait très bien que tu as toujours fait au mieux pour nous.

— Mais si, je m'en veux. J'ai tout fait pour vous selon la norme de cette société, pas avec mes tripes et mon cœur. Au lieu d'aller passer 8 h par jour à saisir des chiffres dans un logiciel et à ne rien produire de vital pour cette planète, j'aurais dû me recentrer sur les vraies priorités de ma vie. Et vous montrer que le chemin pour être heureux en est une ! Sauf qu'en ne l'étant pas moi-même, je ne peux pas vous montrer l'exemple. J'ai l'impression de sortir brutalement de la matrice, là !

— Je crois que je comprends ce que tu essaies de dire… Je ne savais pas que tu n'aimais pas ton métier à ce point, tu ne l'as jamais montré. On voit bien que tu as l'air triste certains soirs, mais on pensait que c'était à cause de la fatigue.

— Non, je fais semblant pour ne pas vous inquiéter et vous faire croire que l'on peut être heureux dans ce type de vie. Sauf que ce que je vous montre est complètement faux et qu'il ne faut surtout pas reproduire ce que je fais ! Voilà pourquoi tu as choisi une école de commerce… Ta seule et unique priorité dans la vie, Zoé, c'est de faire ce qui te rend heureuse.

— Et toi ?

— Moi, c'est décidé, je change de vie ! Je rêve de nature, de campagne, d'arbres, d'espaces, de ciel bleu tous les jours. Je démissionne en rentrant de vacances et on déménage. Je crois que j'aimerais bien faire de la permaculture, du miel, des savons, des confitures, m'occuper de chèvres, de cochons… J'aimerais aussi aider des gens qui ont eu des parcours difficiles aussi, comme les migrants, les enfants… Je ne sais pas comment je vais pouvoir réunir tout ça dans ma nouvelle vie, mais c'est vraiment là que je crois qu'elle aura du sens. Je ne sais pas où l'on part ni ce que l'on va faire, mais on se lance. Tu serais partante, toi ?

— Ça serait tellement génial ! Je pourrais avoir un cheval, tu crois ?

— Non, mais sérieusement ? Tu serais prête à commencer une nouvelle vie ailleurs ? Loin de ton père et de tes amis ?

— On ne part pas en Australie non plus, maman ! Je les verrai pendant les vacances. Mais seulement si tu dis oui pour un cheval.

Nos rires réveillent Sam et à peine a-t-il ouvert un œil que Zoé le mitraille sans ménagement avec ce nouveau projet. Le pauvre, il s'est endormi avec une vie bien cadrée à Nantes et se réveille avec un projet complètement farfelu présenté par deux citadines totalement hystériques assoiffées de liberté. J'ai bien conscience que ce plan est d'une immaturité totale, que le cœur d'une tempête de sable propose un champ de vision beaucoup plus clair que ce rêve absolument flou, mais je m'en fous. Pour la première fois depuis, eh bien, je dirais de toute ma vie, cette décision sonne comme une évidence. Je ne sais ni comment ni où, mais je m'en fiche. C'est une sensation de libération tellement intense... Comme si une lourde porte blindée venait de s'ouvrir vers un monde meilleur. C'est ce chemin que je dois emprunter, peu importe s'il peut sembler hors-norme, imprudent, ou je ne sais quelle autre peur que pourraient me renvoyer les gens... J'ai profondément envie de hurler : « Je suis liiiiiiiibre !! » Enfin, presque... J'attends maintenant le verdict de Sam qui justement, une grosse marque d'oreiller incrustée sur sa joue, marmonne :

— Mais dans votre projet, là, je ne vais pas à l'école ? Parce que c'est juste impossible pour moi d'imaginer une demi-seconde que j'y remette un orteil !

L'inquiétude sur son visage est marquée et le timbre de sa voix se durcit.

— L'enseignement est obligatoire, pas l'école, mon chéri... Cette nouvelle vie me laisserait du temps pour t'accompagner sur des cours par correspondance, par exemple. On pourrait également envisager que tu fasses de petits stages, pour découvrir différents métiers et envisager un CAP ? Tout est envisageable, il faut juste que tu exprimes tes envies, tes rêves...

— Papa m'a dit qu'il me verrait bien policier. Si je dis oui pour votre projet, je pourrai quand même faire ça ?

— Mais Sam, est-ce que c'est vraiment ton rêve, ça ?

— Non, mais je ne sais pas quoi faire... alors, aider les gens à vivre dans un monde plus juste, c'est peut-être une bonne idée ?

— Quand tu es venu avec nous aux manifestations étudiantes, est-ce que tu trouvais ça juste de te prendre des balles en caoutchouc alors que le mouvement était pacifiste ? Quand je me suis pris deux amendes en une nuit en bas de la maison parce que mon papillon d'assurance était périmé de deux jours alors que personne n'intervient lorsque les gamins vendent leur drogue en bas de l'immeuble devant tout le monde, tu as trouvé ça juste ? Quand tu as vu les forces de l'ordre expulser le campement de jeunes migrants sans ménagement alors que la plupart de ceux avec qui nous avons discuté sont des mineurs isolés, est-ce que tu as trouvé ça juste ? Ce que je veux te faire comprendre, c'est qu'être policier, c'est avant tout obéir à des ordres, même s'ils vont à l'encontre de tes valeurs... C'est très éloigné de ce que tu imagines, où, comme dans les films, des très gentils arrêtent héroïquement des très méchants. Il y en a probablement, mais ce n'est qu'une petite partie de leur travail. Donc si tu veux faire ce métier, je ne suis pas contre, mais je veux que tu fasses un stage d'abord pour que tu sois sûr que ce que tu idéalises correspond à la réalité. Tu comprends ?

— Oui, c'est sûr... Tu as raison... Sinon, papa pensait à l'armée.

— Quoi ?? Non, mais ça va pas la tête ?

— C'est marrant, papa m'a dit que tu n'aimerais pas cette idée, mais que pourtant, un peu de discipline, ça m'aiderait à sortir de ma phobie.

Je n'étais pas prête à entendre un tel ramassis de bêtises de la part de mon ex-mari... Je sais bien qu'il n'a jamais rien compris aux problèmes de son fils, mais là, j'ai l'aiguille du cadran de la colère qui fait des tours complets ! Je suis estomaquée, j'ai la bouche grande ouverte et les yeux tout exorbités...

— Sam ? Est-ce que tu as vraiment envie d'aller te faire tuer à l'autre bout du monde pour des intérêts financiers qui t'échappent ? Les pays où il n'y a rien, ils laissent les populations s'entretuer en s'indignant dans des discours bien pompeux et en mettant des sanctions économiques qui ne font qu'aggraver la situation. Tu peux trouver plein de métiers avec un sens de la justice qui soit plus humaniste... je ne sais pas... comme aider des enfants, des animaux, la Terre. Mais aller tuer des gens que tu ne connais pas, armés par le pays qui t'envoie là-bas pour des raisons souvent obscures et risquer d'y laisser ta vie ! Et puis sérieusement, ta phobie scolaire est liée à ton hypersensibilité et à ton haut potentiel... Je ne vois pas comment des ordres pourraient t'aider à régler ta problématique ! Tu as de grandes capacités, Sam, c'est juste que pour le moment, c'est trop le fouillis dans ta tête pour que tu en aies conscience. Prends le temps de découvrir, de vivre, d'expérimenter... Tu trouveras ce qui te rend heureux.

Un gros silence envahit l'habitacle. Zoé acquiesce mes propos avec la tête et Sam, l'air rêveur, fait pousser dans son esprit les graines que je viens de planter... enfin, je l'espère ! Je respire profondément pour essayer de faire redescendre la colère qui est montée subitement. Je reprends plus calmement :

— Ne laisse personne, même pas moi, te dire ce que tu dois faire de ta vie, Sam... Pense juste à ce qui te rend heureux et fonce. C'est ça, la vie, prendre du plaisir à chaque instant. Je ne dis pas que chaque minute doit ressembler à un feu d'artifice, mais que chaque minute ne doit comporter aucun regret... Si c'est dans l'armée, dans la police, dans l'espace ou dans un cirque, je m'en fiche. Ce que je souhaiterais, c'est que tes yeux brillent en parlant de ce métier, parce que c'est vraiment ce qui te fait vibrer. Et pas parce que Machin ou Truc t'a dit que...

— Mais il n'y a rien qui me fait vibrer... Comment je fais pour savoir, du coup ?

— C'est normal, tu es encore très jeune. On demande à des enfants qui n'ont rien vécu, qui ne connaissent rien du fonctionnement de la société ni des êtres humains, de choisir un métier qu'ils devront faire toute une vie... C'est un non-sens ! Prends le temps de savoir qui tu es pour définir ce pour quoi tu es fait. J'ai choisi la comptabilité à 18 ans parce que je n'avais aucune idée de ce que cela signifiait, à coups de « il en faudra tout le temps », de « tu pourras travailler partout » ou de « c'est plutôt bien payé ». Et je me retrouve contrainte à faire un métier que je sais bien faire, mais que je déteste. Il est à l'opposé de ce pour quoi je suis faite. Chaque matin, je cherche des excuses pour ne pas avoir à y aller... Je n'y vais que pour l'argent. Je ne veux pas que mes enfants connaissent ça. Pas grave si cela sort de la norme, au contraire. Et je crois que je dois vous montrer l'exemple aussi. C'est tout ça, le changement de vie que je vous propose.

— Ça me fait du bien en fait ce que tu dis, maman. C'est comme si une grosse pression était partie d'un coup... C'est une angoisse qui tourne en boucle dans ma tête depuis longtemps.

— Mais pourquoi tu n'en parles que maintenant ?

— Parce que je n'avais pas mis de mots comme toi tu l'as fait.

— Ce n'est pas grave de ne pas trouver les bons mots. Il faut juste dire les choses, avec tes mots à toi, jusqu'à ce que tu sois certain que ton message a bien été reçu. On fait un pacte tous les trois, d'accord ? Nouvel endroit, nouvelle vie et surtout, du dialogue ! Deal ?

Un « Deal » à l'unisson accompagne nos mains qui se serrent...

Les enfants continuent d'échanger sur cette nouvelle vie qui va commencer tandis que mon esprit vagabonde sur ce qui vient de se produire. Je suis partagée entre la culpabilité, pour être passée à côté de tout ça, et la reconnaissance, pour ces prises de conscience qui s'enchaînent depuis le début de ce voyage. Mais aussi entre la colère pour m'être infligé cette vie, ainsi qu'à mes enfants, et la sensation de libération intense que je ressens avec cette décision de changer enfin les choses. J'entends les enfants proposer de continuer notre road trip jusqu'à trouver l'endroit où nous aurons tous envie de nous installer. Cette décision m'aurait rendue folle d'inquiétude auparavant. Mon cerveau aurait explosé de questions, de peurs, de doutes. Et là, je me fiche complètement des complications éventuelles, des conséquences, de l'avis de leur père... Il y a quelque chose de plus grand.

À la sortie d'un virage, juste avant l'entrée d'un village, nous nous retrouvons nez à nez avec un contrôle de gendarmerie. Il y a plusieurs véhicules et des motards, un dispositif qui semble bien démesuré vu le nombre de voitures que nous croisons depuis un long moment. Je me demande ce qu'ils mettent en place sur les autoroutes ! Ils semblent aussi surpris de voir arriver une voiture que moi de les croiser. Et même si je sais que je suis en règle, je tente un petit sourire en arrivant vers eux en espérant que cela suffira à les convaincre de me laisser passer. Chose vaine, vu que les clients ne sont pas nombreux. Un petit geste de la main m'invite à me garer sur le bas-côté et à couper mon moteur. Un gendarme d'une quarantaine d'années se présente à ma vitre de portière, mais Bob et Gotcha ne semblent pas apprécier et aboient autant qu'ils le peuvent. Pour que je puisse entendre ce que ce monsieur me dit, je choisis de descendre de la voiture...

Il a un geste de recul, fait un pas en arrière et me dit :

— Madame, veuillez ne pas descendre de votre véhicule !

Je pense : « *Mais tu me prends pour Al Capone ou quoi ?* »

Je dis « Ah ! », remonte en voiture et baisse la fenêtre.

— Bon *wouaf wouf wouf*, -tionale *grrrrrrrrrr wouaf*... plaît !

Je crie :

— Je suis désolée, je n'entends rien avec les chiens !

Il me fait signe de descendre de la voiture. Les jambes légèrement écartées, les bras croisés, il me dit d'un air sévère :

— Madame, il faut contrôler vos chiens !

« *Pour le moment, c'est toi qui me contrôles, alors si tu pouvais faire vite !* »

— Ils vont se calmer. Et ils sont attachés, vous ne craignez rien.

— Gendarmerie nationale. Merci de me présenter les papiers du véhicule, s'il vous plaît !

« *Je me doute que tu n'es pas du cirque Zavatta et que ce n'est pas mon papier toilette qui t'intéresse !* »

Il observe avec gravité la carte grise, mon permis de conduire…

— Pourquoi les papiers ne sont pas au même nom ?

« *Pour te faire chier, tout simplement !* »

— Parce que c'est la voiture d'un ami.

— Il vous la prête ?

« *Non, je la lui ai volée ! Autant j'ai du mal à ouvrir une boîte de conserve, autant je suis hyper balèze en vol de voiture !* »

— Oui !

Un second gendarme fait le tour de la voiture et en inspecte chaque recoin. Les autres restent regroupés de chaque côté de la route à observer l'horizon manquant cruellement de voitures.

— Vous venez d'où et vous allez où ?

« *Si on te le demande, tu diras que tu ne le sais pas !* »

— Nous venons de Nantes et nous allons, comment dire, en vacances ?

— Déplacement professionnel ou pour le loisir ?

« *Professionnel, comme le mot vacances l'indique !! Je me déplace toujours chez mes clients avec mes mômes, mes chiens et la voiture d'un copain remplie de matériel de camping ! Ça rapproche.* »

— Loisir !

— Avec deux chiens ?

« Bah je voulais les laisser à la maison sans eau ni nourriture pendant trois semaines, mais les enfants ont fait une crise ! Vous savez comment ils sont, hein, ces petits diablotins ! »

— Heuuuu… ben oui !

— Hum !

Toujours en mode cowboy :

— Ce sont vos enfants ?

« Pas du tout ! Je ne connais pas ces petits morveux ! Je les ai enlevés sur un parking de grande surface pour me tenir compagnie sur le trajet ! »

— Oui !

— Et où est le père ?

« C'est une caméra cachée de Jacques Pradel ou quoi ? Eh bien, Madame, toute notre équipe a fait un merveilleux travail, et je suis heureux de vous annoncer que nous avons retrouvé le père de vos enfants ! »

— Heuuu… sûrement chez lui !

— Vous êtes séparés ?

« Oui, nous étions siamois thoracopages, mais grâce à une intervention de plusieurs heures d'éminents avocats, nous avons pu être séparés. »

— Oui, pourquoi ?

Un sourire se dessine sur son visage et pose ses mains sur ses hanches :

— Pas facile d'élever seule ses enfants, hein ? Il vous manque un homme !

« Aaaaargghhhhhh ! Il me manque surtout une catapulte pour te ficeler dedans et t'envoyer loiiiiiin loiiiiin loiiiiiin ! »

— Non, ça va… On se débrouille plutôt bien !

— Tenez, voilà ma carte de visite si vous avez des problèmes. N'hésitez pas à m'appeler ! Je suis gentil, et pas uniquement parce que c'est mon nom !

« *Non, mais c'est une blague ?! Il va faire un strip-tease et mes copines vont sortir en rigolant de derrière les buissons ! C'est la seule explication.* »

— Merci, c'est… heuuu… gentil !

— Mais c'est normal, ma p'tite dame ! Et vous ? Vous ne me donnez pas votre numéro ?

« *Je préférerais que nous communiquions par nuages de fumée, c'est tellement plus romantique ! En plus, j'adooooooore que l'on m'appelle ma p'tite dame !* »

— Non, j'ai le vôtre, je vous appellerai.

— Promis ? Parce qu'elles disent toutes ça, mais elles ne le font jamais.

« *Alors là, ça m'étonne !! Pourtant, ta technique de drague est plutôt fine et délicate ! Tu serais libre un mercredi soir pour un dîner de cons ? Je crois que j'ai un champion !* »

— Promis ! On peut y aller ?

— Oui, bien sûr ! De toute façon, on recherche un homme barbu d'une soixantaine d'années, donc ce n'est pas vous ! dit-il en insistant du regard sur le décolleté de ma robe, puis en le descendant sur mes jambes.

« … »

« … ! »

Je n'ai ni pensées ni mots tellement cette phrase est improbable !

Je remonte dans la voiture en sentant son regard dans mon dos. Il me sourit et ajoute avec un clin d'œil :

— Ne vous inquiétez pas, je vais vous aider à vous remettre dans la circulation !

« *Aucun véhicule n'est passé depuis tout à l'heure… La seule circulation qui semble difficile est l'oxygène dans ton cerveau !* »

— Merci !

Lorsque je redémarre, j'ai droit à un deuxième clin d'œil et un petit signe de la main imitant le téléphone. Les enfants sont morts de rire !

— Tu ne vas pas l'appeler, maman ?

— Aaaaaah non, Sam ! Même sous la torture, je ne le ferai pas ! Je crois pourtant qu'il est le dernier spécimen de son espèce… Je ne sais pas pour autant si nous pouvons nous considérer comme chanceux de l'avoir croisé !

— Bah si !! Parce qu'avec Zoé, on voyait ta tête à chacune de ses questions et on explosait de rire !

— Ah oui ? Ça se voyait tant que ça ?

La revisite de cette aventure nous fait rigoler pendant encore un long moment, même si intérieurement, je suis plus choquée qu'amusée. Je conduis de manière presque automatique et n'ai aucune idée de l'endroit où nous nous trouvons. Nous traversons de magnifiques campagnes, des petits villages paisibles, des forêts presque féériques… Le jour commence à disparaître et nous devons trouver un endroit pour la nuit. Les enfants sont motivés pour passer une nuit en pleine forêt, mais je n'aime pas trop l'idée. Les rubriques de faits divers sont remplies de gens qui se trouvaient au mauvais endroit au mauvais moment, et l'idée de dormir dans la voiture ne séduit qu'à moitié mes cervicales. Je garde cette option en dernier recours. Nous entrons dans un village où la circulation est déviée en raison d'une fête. Il y a plein de monde, de la musique, des chars remplis de fleurs et une odeur de frites qui envahit l'habitacle de la voiture. Nos trois regards se croisent, comme pour valider tacitement une idée commune. Puisque la route risque d'être encore longue, autant la faire le ventre plein. Nous parvenons à nous stationner à proximité de la place du village et nous trouvons une table de libre un peu à l'écart des festivités pour que les chiens ne soient pas trop stressés. Nous pouvons néanmoins observer la piste de danse où les gens s'amusent au rythme d'un orchestre sur une petite scène montée devant l'église. Cela me rappelle les bals où je me rendais avec mes parents pendant les vacances d'été dans le sud de la France lorsque j'étais petite. Je me souviens de cette innocence qui me permettait de danser sans m'arrêter, en me foutant du regard des autres et en admirant la chanteuse du groupe que je trouvais souvent très belle. C'était la fête et chaque instant était pleinement magique. Les enfants de cette place semblent s'amuser avec cette même naïveté et je réalise que je suis ce soir du côté des adultes, sans avoir vu tout ce temps passer. Je mesure à quel point j'ai abandonné cette petite fille que j'étais et maltraité ses rêves. La décision prise cet après-midi va réparer cette erreur. Je suis émue et dans mes pensées lorsque l'on me demande ce que je souhaite commander.

Je sursaute et découvre un homme d'une soixantaine d'années debout à côté de moi, qui, d'un accent chantant, me dit :

— Je crois que je vous ai fait peur, vous étiez loin dans vos pensées, là ! Ah ah ah ! Je suis désolé, je voulais juste savoir si vous vouliez boire quelque chose !

— Oui, effectivement, je repensais à mon enfance en observant ce bal… que de souvenirs ! Pouvons-nous commander quelque chose à manger ?

— Je ne sers que les boissons, mais pour la nourriture, il faut aller au stand sur la gauche. Vous avez un drôle d'accent, vous n'êtes pas d'ici vous, hein ?

— Ah ah ah ! Vous chantez en parlant et vous trouvez que c'est moi qui ai un drôle d'accent ? Mais oui, vous avez raison, nous ne sommes pas du coin. D'ailleurs, s'il y avait un stand pour nous conseiller où dormir cette nuit, ça m'arrangerait bien…

— Vous cherchez quoi comme hébergement ? Parce qu'en cette période de l'année, même ici, c'est compliqué…

— Juste un endroit sécurisé pour monter la tente cette nuit. Savez-vous s'il y a un camping à proximité ?

— Pas que je sache, mais j'ai une petite idée… Je vais juste demander à ma femme d'abord ! Je reviens !

Lorsqu'il se retourne, je découvre sur le dos de son T-shirt : « Léger comme une » avec une plume de dessinée. J'entends les enfants rigoler et se dire : « Cool, il va nous trouver une solution ! »

Il revient quelques instants après avec une femme toute menue, affichant un grand sourire et me serrant la main. Avec un accent encore plus marqué que celui de son époux, elle se présente et me demande de lui raconter nos mésaventures. Le mot est un peu fort, mais je lui résume notre situation, tout en la rassurant sur l'absence totale d'inquiétudes de notre part. Elle s'installe à notre table et nous pose mille questions sur ce voyage étrange que nous avons entrepris. C'est vrai que nous ne ressemblons pas aux touristes qu'elle a l'habitude de voir sûrement, mais je la sens sensible à notre quête de changement de vie, de rapprochement des choses essentielles. Je comprends que sa fille est partie à Paris depuis plusieurs années et qu'elle mène une vie à un rythme qui, vue d'ici, semble dingue et manque cruellement de sens. Notre histoire la touche, car elle aimerait que sa propre enfant ait cette même prise de conscience. Nous restons à discuter un long moment tout en grignotant quelques frites, puis elle nous propose un cabanon pour y passer la nuit. Ils possèdent un terrain au bord d'une rivière dans le bas du village où ils ont construit ce petit chalet de vacances pour leur fille qui ne vient jamais. Le confort est sommaire, mais il y a l'eau, l'électricité, et nous y serons en sécurité… Je propose que nous installions juste la tente sur le terrain pour ne pas les déranger, mais elle insiste. Et lorsque je parle de tarif, elle se fâche. Elle nous demande juste d'attendre un peu que la fête se termine pour nous y accompagner. Elle doit rester pour ranger le stand dont elle s'occupait, et je me lève en même temps qu'elle pour lui donner un coup de main. Elle me présente à toute l'équipe de bénévoles en charge de cette fête, et c'est dans une ambiance sympathique et drôle que nous travaillons tous ensemble au rythme de la musique.

Lorsque la fête se termine enfin, tous les bénévoles se retrouvent autour d'une grande table pour boire un dernier verre. Sam s'est endormi depuis un petit moment déjà sur un banc avec les chiens allongés juste en dessous et Zoé est venue nous prêter main forte. Tout le monde parle à tout le monde, sans différence d'âge, de classe sociale ou de région. Les sujets restent simples et superficiels, mais toujours bienveillants et avec humour, comme à un grand repas de famille.

Il est plus de deux heures du matin lorsque nous arrivons au cabanon. La lune nous permet de deviner un immense terrain en pente avec une rivière et quelques arbres en contrebas. Le chalet est situé au bord du chemin, au milieu d'arbustes. Nous découvrons une immense pièce dans laquelle se trouvent deux grands lits, un petit coin-cuisine et une petite salle de bains. C'est simple, mais efficace. Nos hôtes nous expliquent deux-trois petites choses et nous proposent de nous retrouver ici le lendemain vers 10 heures pour un petit-déjeuner tous ensemble.

Les enfants s'écroulent sur un des lits et les derniers mots de Sam seront : « On va trop bien dormir, merci les plumes ! »

5

« *La simplicité véritable allie la bonté à la beauté.* »

Platon

Lorsque j'ouvre les yeux, le soleil éclaire déjà bien la pièce à travers les persiennes. Le calme qui règne dans cet endroit est absolument incroyable et fait ressortir le chant des oiseaux et des cigales. C'est un pur délice. Après une douche rapide, il me tarde de découvrir ce paradis en plein jour. Notre gîte est une vieille cabane en pierre dont un mur entier a été rénové avec du bois. Une grande terrasse sur pilotis fait le tour de la maison et offre une vue à 180 degrés sur la propriété de plusieurs hectares, bordée d'arbres et d'arbustes. À proximité de la rivière se trouvent des parcelles de potagers et un grand verger. La vue se poursuit ensuite sur une colline essentiellement occupée par de vieux chênes. J'observe en souriant les chiens qui courent comme des fous en faisant leurs grands cercles habituels. Je reste un long moment à contempler ce paysage si paisible et toute la vie qu'il abrite…

L'arrivée d'une voiture me sort de cette séance presque hypnotique. Pascale et Michel, nos généreux propriétaires, arrivent tout sourire avec un sac de courses bien rempli. Les enfants dorment encore, mais Pascale refuse que je les réveille. Elle dresse sur la table ombragée de la terrasse du pain frais, de la brioche toute chaude, des croissants, du jus d'oranges pressées le matin même et des confitures maison faites avec les fruits du verger. Je descends avec Michel jusqu'au verger pour cueillir quelques pêches de vigne et des mirabelles. Lorsque nous remontons, Pascale nous attend devant un café bien chaud sorti de je ne sais où… Ils rigolent tout le temps, ce sont deux rayons de soleil. Et je prends un grand plaisir à passer en mode rigolote juste pour entendre leurs éclats de rire. Lorsque les enfants émergent enfin et découvrent la table du petit-déjeuner, leurs yeux brillent autant qu'un soir de Noël en découvrant les cadeaux au pied du sapin. Mais ce n'est rien comparé au regard qu'ils ont lorsque Michel leur annonce qu'il y a une petite plage au bord de la rivière où ils peuvent se baigner sans problème, avec une balançoire juste au-dessus de l'eau. Ils engloutissent leur petit-déjeuner en prenant soin de goûter à tout et partent en sautillant autour de Michel jusqu'à la rive.

— Tu sais, vous pouvez rester quelques jours ici, si vous le voulez. Nous, on vient tous les jours sur le terrain, pour s'occuper du potager, se reposer, mais on ne reste jamais très longtemps... Vous pourriez quand même être comme chez vous et profiter de la région. Ça nous ferait plaisir que vous acceptiez. Ça fait tellement chaud au cœur de voir cette maison pleine de vie.

— C'est extrêmement gentil et généreux, mais on ne veut pas vous déranger trop longtemps. C'est déjà beaucoup ce que vous avez fait !

— Tu sais, la vie, c'est profiter de chaque bonne occasion qui nous est offerte. C'est la mort de ma fille ainée il y a quelques années déjà qui m'a fait comprendre ça... Un cancer l'a emmenée en quelques mois dans des souffrances que personne ne peut imaginer. Mon autre fille a eu besoin de s'enfuir loin de tout ça et vivre à mille à l'heure pour ne plus avoir le temps de penser. Alors, crois-moi, profite de tout, à chaque instant, sans te poser de questions ! Tu sais jouer à la belote ?

— Ça fait une éternité que je n'y ai pas joué, mais oui...

Je n'ai aucun mot de réconfort qui parvient à ma bouche... Je ne veux pas être maladroite ou lui faire ressentir de la pitié. Son histoire me touche beaucoup, et alors qu'elle tourne encore dans ma tête, elle ajoute :

— Ce qu'il faut, c'est toujours relativiser, se dire que ça pourrait être pire… mais aussi faire chaque chose en mesurant les risques. Ça aide à faire des choix. Par exemple, qu'est-ce que tu risques à rester une nuit de plus ? De passer une mauvaise journée, mais surtout d'en passer une très bonne… Et si tu passes une mauvaise journée, ce n'est pas grave, personne ne va en mourir ! Eh bien, applique ça à chaque fois que tu le peux, tu verras, ta vie sera tellement légère…

— C'est vrai, tu as entièrement raison… C'est d'ailleurs un discours que je commence à tenir aux enfants. Mais ta façon de présenter les choses est très simple et efficace.

— J'invite donc une partie de l'équipe que tu as vue hier soir à une soirée grillades et belote sur le terrain ce soir ?

— Vendu ! Mais je veux faire équipe avec un bon perdant… Je joue comme un âne !

— Ah ah ah ! Tu joueras avec moi, ça évitera que je me fasse crier dessus par Michel parce que je parle au lieu de suivre le jeu !

La journée est hors du temps. Nous discutons et rions beaucoup, nous passons un long moment dans le potager et nous multiplions les « allers-retours » à la rivière. En fin d'après-midi, les chiens sont trempés et épuisés, les enfants en maillot de bain en train de grignoter tout ce qu'ils peuvent dans le verger. Nous préparons ensuite de grosses salades composées avec la récolte du jour et Michel s'active sur le barbecue. Deux couples arrivent en même temps, les bras chargés de gâteaux et de tartes salées. L'ambiance est bon enfant, nous passons une soirée simple, mais tellement généreuse. Nous partageons des tranches de vie, des fous rires et surtout beaucoup de vin. Zoé et Sam se fondent dans cette ambiance avec un plaisir et une aisance qui m'étonnent. Comme si être au milieu de ces gens pourtant inconnus la veille était une évidence. Ces gens avec qui je me sens si bien sont tellement différents de mes amis… Ils sont vrais, naturels, authentiques et sans jugement. Ils se foutent de ce que je porte, de ce que je fais dans la vie, de mes ambitions. Ce n'est pas ça qui me définit à leurs yeux. Et lorsque je les observe droit dans leurs cœurs et non dans l'image qu'ils renvoient, comme ils le font pour moi, je ne vois que de belles âmes… Les gens sont ce qu'ils font et tous autour de cette table font beaucoup plus sans le savoir que les nombreuses personnes pleines de bonnes intentions, mais chargées de jugements que j'ai croisées dans ma vie. C'est délicieux, la simplicité.

Les enfants vont se coucher lorsque nous commençons à jouer. L'abus de rosé frais donne à la partie un air de joyeux bordel. Personne ne suit, tout le monde rigole et Michel est partagé entre l'envie de râler et de rire. Cela ne s'arrange pas lorsqu'il sort ses alcools de prunes et ses cerises à l'eau-de-vie. L'odeur me rappelle quelques soirées avec mes parents lorsque ma mère sortait ses réserves pour clôturer un bon repas. Je goûte tout cela pour la première fois de ma vie en pensant à ce que vivaient mes parents à ce moment-là. Ma madeleine de Proust arrache un peu la gorge au début et me fait beaucoup rire pour tout et n'importe quoi à la fin… Lorsque je me lève pour aller me coucher, l'appui d'une chaise est nécessaire, ce qui provoque quelques moqueries. Cela faisait très longtemps que je n'avais pas été dans cet état… Je salue aussi dignement que je peux le faire l'ensemble de l'assemblée et file m'écrouler dans mon lit. Leurs rires francs qui se poursuivent sur la terrasse m'accompagnent dans mon sommeil.

Je suis réveillée en sursaut par des coups de feu suivis de cris. Les sons semblent très proches. Je me lève brusquement, comme un automate, et, sans réfléchir, ouvre la porte pour voir ce qu'il se passe. Tout le monde est parti et l'endroit est désert. L'éclairage de la lune permet d'observer les alentours de façon très nette et rien ne semble anormal.

J'ai sûrement rêvé, mais je retourne vite dans la maison et ferme la porte à clef. Mon cœur bat vite et même si je ne suis pas certaine de ce que j'ai entendu, je ne suis pas rassurée. Je me recouche, mais ne parviens pas à me rendormir. Le bruit d'une voiture en approche sur le terrain me coupe la respiration. Je suis terrorisée. C'est la vue d'un gyrophare bleu à travers les persiennes qui me rassure et me permet de reprendre mon souffle.

Deux gendarmes sont déjà sur la terrasse lorsque j'ouvre la porte et deux autres inspectent le champ avec des lampes torches très puissantes. J'apprends que notre voisin le plus proche, un restaurateur, s'est fait braquer sa caisse chez lui pendant son sommeil. Les voleurs s'étaient probablement cachés dans sa maison avant qu'il ne se couche. Lorsqu'il a rallumé la lumière parce qu'il a entendu du bruit, il s'est retrouvé avec deux hommes cagoulés de chaque côté du lit le menaçant avec une carabine. Il leur a remis sa caisse, mais lorsque les voleurs sont partis, il s'est précipité dans sa salle à manger pour récupérer un fusil de chasse et a tiré sur des ombres courant dans son jardin. Les cris entendus et des taches de sang laissent supposer que l'un d'eux au moins a été touché. Il est fort probable qu'ils soient dans les parages. Ils écoutent mon témoignage, mais tandis que je leur parle, je vois des traces de sang sur la terrasse. L'homme blessé, peut-être armé et probablement aux abois était là il y a quelques minutes à peine. Je suis dessaoulée en deux secondes ! Mon corps hésite entre l'évanouissement, l'hystérie et la tétanie. Ma tête, elle, dessine au galop tous les scénarios possibles. Montrer les taches de sang aux gendarmes, c'est prendre le risque de créer une situation de stress pour un homme armé qui peut-être nous observe des buissons qui bordent la terrasse. Je ne sais pas combien d'argent il y avait dans la caisse, mais sûrement pas de quoi mettre en danger des vies. Je me tais et opte pour la tétanie.

Les aboiements des chiens, les questions des enfants qui se sont réveillés et celles des gendarmes me parviennent de loin. Je suis comme dans une bulle à essayer d'opter pour le meilleur scénario improbable d'une mauvaise série B. Se mettre en lieu sûr est la priorité. J'ordonne aux enfants de retourner dans la maison. Les deux hommes m'invitent à passer le lendemain à la gendarmerie pour enregistrer ma déclaration et m'informent qu'ils vont rester sur le secteur pour continuer leurs recherches jusqu'au lever du jour. Je sursaute au moindre petit bruit et tout mon corps est pris de tremblements incontrôlables. Je n'ai qu'une envie : qu'ils partent, que je m'enferme et que le voleur puisse se sauver sans me demander de l'aide. Mes jambes ne me portent plus et ils m'accompagnent jusqu'à l'intérieur où je m'enferme à double tour sans oublier de pousser la table devant la porte. Un réflexe bien ridicule qui ne fonctionne jamais dans les films, mais la seule arme dont je dispose pour mettre de la distance entre ce qu'il se passe dehors et nous.

Les enfants me regardent, terrorisés, avec de grands yeux de hibou. Ils cherchent du réconfort dans les miens, mais je suis trop consciente de ce qui est possible pour leur en donner. Je leur ordonne juste de ne faire aucun bruit et de faire semblant de dormir. Les minutes qui s'écoulent ressemblent à des heures. Le silence total qui s'ensuit pendant une heure laisse supposer que rien de plus ne se passera et je commence à me détendre un peu. Je m'approche des persiennes et tente d'observer à travers les lames de bois un bout du terrain. La lune éclaire l'espace de façon assez exceptionnelle et me permet de deviner une silhouette qui boite vers la plage. Ma respiration s'arrête instantanément, comme si mourir tout de suite pouvait régler le problème. Je respire profondément en essayant de retrouver mon calme. Après un moment de panique, je réalise que la situation n'est pas si dramatique. Il s'en va, et c'est tout ce qui compte… La traversée de la rivière est facile à cet endroit, l'eau y est peu profonde et il n'y a pas de courant. Tout danger semble écarté. Je reste à surveiller de mon poste d'observation un long moment, pour m'assurer qu'il ne fasse pas demi-tour. Ce sont les premiers rayons du soleil sur la colline d'en face qui me rassurent définitivement. Je peux essayer d'aller dormir un peu.

Lorsque j'ouvre les yeux le lendemain matin, mes paupières sont un peu lourdes et ma tête est comme dans du coton. J'entends des rires provenant de la terrasse. Michel et Pascale sont déjà là. Je souris, je me sens rassurée. Je les rejoins pour leur raconter les mésaventures de la veille et ils sont abasourdis. Michel entreprend immédiatement le tour de la propriété pour vérifier que la personne visiblement blessée ne s'est pas effondrée dans un coin. Le bateau pneumatique au bord de la plage a disparu. Visiblement, il s'en est servi pour s'enfuir. Je suis encore toute secouée par cette mésaventure. Nous le sommes tous. Je suis partagée entre la peur ressentie toute la nuit et l'empathie pour un homme blessé qui est sûrement également mort de trouille. Je ne cautionne pas ce qu'il a fait, mais je ne juge pas non plus. Je ne connais pas sa vie, ce qui l'a motivé à en arriver là…

Je me prépare pour aller faire ma déclaration à la gendarmerie. Cette idée ne m'enchante pas vraiment, mais je n'ai pas tellement le choix. Je choisis donc de me défaire de cette contrainte rapidement. Il me faut un bon quart d'heure de route pour rejoindre une petite maison en plein cœur du bourg du village voisin. En entrant dans cette vieille demeure en pierre, je me retrouve à l'accueil, face à face avec monsieur Gentil. Décidément, ce n'est pas une bonne journée pour moi… Il m'offre un grand sourire tout en reprenant sa position de la veille : jambes écartées, main gauche sur le ceinturon.

— J'espérais que vous m'appeliez, mais je suis encore plus content que vous veniez à moi ! J'ai bien senti qu'il se passait un truc entre nous hier, mais j'étais loin d'imaginer que vous ne pourriez pas vous passer de moi moins de 24 heures !

Dans ma tête, une succession d'images s'enchaînent : je le tase ou je lui distribue une gifle magistrale dans la figure ou encore je lui mets un coup de boule. L'arrogance de cet homme et sa toute-puissance affichée m'exaspèrent. Et mon principe de « on ne juge pas quelqu'un qui boite sans connaître le caillou qu'il a dans sa chaussure » disparaît instantanément.

— On m'a demandé de passer pour faire une déposition dans le cadre d'un braquage à main armée hier soir.

— Mais ça vous arrange bien, avouez-le !

Les images reprennent... J'ai envie de lui épiler les poils du nez avec de la cire très chaude en tirant très lentement chaque bande !

— Non et je suis assez pressée... Est-ce possible de faire cette déclaration rapidement ?

Il me regarde à nouveau de la tête aux pieds avec des yeux que je n'aime pas du tout. J'ai l'impression d'être un petit agneau face à un lion affamé. C'est très désagréable, mais je ne peux jouer que la carte de l'hypocrisie face à ce type de profils.

— Ah, parce que vous croyez que l'on attendait que vous ce matin pour avoir du travail ? Aaaah ! Les femmes ! C'est bien parce que vous êtes mignonne que je vais voir si mon collègue peut vous recevoir !

Il me fixe avec un grand sourire. Je comprends qu'il attend un « merci » et les images qui me traversent l'esprit sont trop gores pour que je les décrive !

Aucun mot ne sort de ma bouche, je parviens à peine à faire un faible signe de tête. Il doit mettre cela sur le compte de l'émotion, car il s'en contente et disparaît dans le couloir pour aller chercher une personne pouvant me recevoir.

Je me précipite alors vers la porte et cours jusqu'à ma voiture que je démarre en trombe. Il n'est pas question que j'entende un mot de plus de cet individu. Et je ne prends pas le risque de tomber sur un collègue à lui du même acabit. Ceux qui l'accompagnaient hier sur la route rigolaient en le voyant faire. Pas un rire moqueur, mais un rire envieux, genre : « Sacré Gentil, tiens ! Un vrai tombeur, celui-là ! Et ça marche, en plus ! » Je tremble un peu à l'idée d'une course poursuite avec un peloton de gendarmerie. En cas de stress, je ne sais pas relativiser : j'imagine des barrages, ma photo dans tous les journaux avec « Wanted ! Dead or Alive ! », un hélicoptère me pourchassant, une vie de cavale avec mes enfants mourant de froid et de faim et le pire, des heures d'interrogatoire avec ce type !

Mon cerveau part dans tous les sens, le flot de mes pensées est insupportable. Elles sont toutes plus stupides les unes que les autres, je sens que ça surchauffe... J'ai besoin de m'arrêter, de marcher, de respirer. Je m'enfonce dans un petit bout de forêt où quelques rayons du soleil parviennent à passer à travers la cime des arbres. J'inspire plusieurs fois profondément et mon esprit s'éloigne doucement de ce qui le préoccupe pour se tourner vers la douce odeur des pins, les bruits de la forêt, le chant des oiseaux, la chaleur des rayons du soleil. Je m'assois un instant au pied d'un arbre immense au tronc très large et je sens chacune de mes tensions disparaître. Un papillon vient se poser sur le bout de ma chaussure, ce qui me fait sourire. Je prends conscience de toute la vie qui anime cet endroit, des petites choses qui s'agitent sous les feuilles sur lesquelles je suis assise, des arbres immenses qui m'entourent et des liens de symbiose qui les unissent. Je ressens la puissance et en même temps la fragilité de chacun, mais surtout de la magie du tout. L'homme arrogant se sent si supérieur aux autres espèces alors que cet endroit s'équilibre en parfaite harmonie sans lui. Le calme est revenu dans ma tête et dans mon corps. Je me sens ridicule de ne pas avoir géré la situation autrement.

Je mesure que c'est la petite fille bien élevée, bien polie qui n'a pas su faire ce qui lui semblait juste : dire à cet imbécile d'aller se faire voir chez qui il veut, mais loin et longtemps ! Et cela fait longtemps que je suis ainsi, à ne pas savoir gérer les conflits ou m'exprimer fermement en cas d'autorité. Lorsque le papillon reprend son envol, cette peur de ne pas être celle que l'on attend part avec lui. Je me relève et quitte cet endroit magique en y laissant une mue…

— Tout s'est bien passé ? me questionnent Pascale et Michel une fois de retour au cabanon

— Oui, nickel ! Je me suis enfuie…

Je leur raconte en détail mes mésaventures du jour.

— Mais il va bien falloir que tu y retournes pour faire une déclaration !

— Non… en fait, je m'en fiche ! Ce n'est que de l'argent, du matériel… Ce n'est pas bien de voler, mais ce n'est pas bien de tirer sur quelqu'un non plus. Qu'ils se débrouillent, je ne me sens pas concernée par cette histoire, en fait. Je ne veux plus dépenser d'énergie pour des choses qui n'ont pas de sens à mes yeux.

— Je crois que tu as raison, Lily… Le voisin a plusieurs prud'hommes en cours et est en conflit avec plein de gens dans la région. Cette histoire n'est probablement pas le fruit du hasard, mais plus probablement celui d'un règlement de compte, me répond Michel.

À peine a-t-il terminé sa phrase qu'une voiture de gendarmerie rentre sur la propriété et s'avance vers nous. Monsieur Gentil descend en premier du véhicule, suivi de près d'un collègue. Il se plante au bout de la terrasse, les jambes écartées et les mains sur les hanches et me regarde d'un air sévère :

— Ben alors, ma petite dame ? Vous vous êtes enfuie ou quoi ? Si vous aviez une envie pressante, il fallait nous demander les toilettes, on vous les aurait indiquées !

Je ne sais pas si c'est le rire gras qui a suivi ou si c'est le contenu de la phrase en lui-même, mais ce qui est certain, c'est que le nouveau moi fraîchement sorti des bois a eu envie de s'exprimer.

— Alors, écoutez-moi bien, parce que je ne vais pas le répéter deux fois. Premièrement, je ne suis pas votre petite dame ! Je ne suis ni petite et ni votre dame, même si j'en suis une ! Je ne vous appelle pas petit con, moi, par exemple ! Ensuite, on n'est pas au far-west et vous n'êtes pas un cowboy, donc enlevez les mains de votre ceinturon où sont vos pistolets en plastique, ça ridiculise plus que ça n'impressionne ! Cessez par ailleurs de me parler comme à une demeurée et de croire que votre déguisement fait de vous un tombeur. Je suis sapiosexuelle et, lorsque vous aurez trouvé le sens de ce mot dans le dictionnaire, vous comprendrez pourquoi vous n'avez aucune chance. Enfin, de quel droit entrez-vous sur une propriété privée sans y être autorisé ?

— Mais Madame, c'est insulte à agent, ça !

— Ah oui ? Eh bien, vous, c'est harcèlement et abus d'autorité ! Mes enfants ont filmé votre intervention sur le bord de la route, et un ami avocat à qui j'ai transmis la vidéo est particulièrement intéressé pour porter l'affaire en justice. Et croyez-moi, un avocat qui s'engage est un avocat qui sait qu'il va gagner de l'argent. Donc, arrêtez-moi pour insulte à qui vous voulez, ça va certainement l'arranger et ça évitera à plein d'autres femmes d'être emmerdées dans le coin, dis-je, sûre de moi, en lui tendant mes deux poignets, prête à être menottée.

Je vois sa posture et son expression changer. Il est énervé, mais il sait que j'ai raison, même si chacun de mes mots n'est que pur mensonge.

— Et pour la déposition ?

— Je n'ai rien vu, rien entendu... donc rien à déposer. Je vous souhaite une bonne journée, Messieurs !

Ils me saluent d'un signe de la tête auquel je ne réponds pas et s'en vont sans dire un mot. Je suis instantanément envahie par un profond sentiment de liberté. Non pas pour m'être débarrassée de ce casse-pied, mais de cette capacité nouvelle à me respecter, quelle que soit la pression en face, à dépasser mes peurs. Cette expérience somme toute anodine m'a fait prendre conscience de toutes les situations identiques où j'ai galéré pour trouver des solutions par manque de confiance en moi, que cela soit avec des supérieurs hiérarchiques ou des personnes plus âgées. Je me suis encombrée de ces croyances pendant tellement longtemps… J'ai l'impression de m'être libérée d'une enclume rangée depuis toujours dans mon sac à dos.

La tête des enfants lorsque je me retourne enfin pour regagner la table ! Il y a dans leurs yeux une grande fierté, mais leurs bouches grandes ouvertes montrent surtout de la surprise !

— Bah quoi ? dis-je avec un grand sourire. Je ne supporte pas l'injustice, le manque de respect et la bêtise !

— Quand même, maman ! Tu l'as tué, le gars ! me répond Zoé en rigolant.

— Je lui parle à la hauteur de ce qu'il peut comprendre. Lui expliquer que son comportement est déplacé et met mal à l'aise aurait été une perte de temps. Là, je pense qu'il n'a toujours pas compris, qu'il me traite de tous les noms dans sa tête, mais il va faire attention à ce qu'il dit pendant quelque temps.

— Non, mais c'est bien ce que tu as fait… C'est juste que j'avais peur qu'il demande à voir la vidéo, et il n'y en a pas.

— Il n'y a que nous qui le savons. Et s'il n'avait rien à se reprocher quant à son comportement, il serait encore là, crois-moi ! Bon ! Que faisons-nous ? Nous perdons encore de notre temps précieux en cette belle journée à parler de cet imbécile ou nous profitons de cet endroit merveilleux ? Le dernier dans la rivière parle à monsieur Gentil !

Nous partons tous les trois en courant et en criant. Je perds une tong dans cette course effrénée, et comme je ne peux compter sur aucun prince charmant pour me ramener mes chaussures, je dois m'arrêter pour la récupérer et perdre. Les enfants déjà dans l'eau font une danse de la victoire, soulagés de ne pas avoir cette horrible mission à accomplir, même s'ils mesurent bien que ce n'est qu'une blague. Comme quand j'étais petite et que l'on se racontait avec mon neveu des histoires qui font peur sur des fantômes, des zombies, des monstres. Rien n'était vrai, mais nos cœurs battaient super fort de trouille.

Le reste de la journée se déroule dans les rires, l'insouciance, le jeu, la légèreté. Pascale et Michel sont vraiment des hôtes incroyables et nous rions tous ensemble de bon cœur.

Le lendemain matin, j'entends les enfants rire avec eux lorsque je me réveille. Je me rendors avec un sentiment de paix oublié. Je suis déchargée un court instant de toute responsabilité et c'est une sensation que je n'avais pas ressentie depuis si longtemps ! Ça doit faire ça d'avoir des parents…

Nous restons deux jours chez eux, sans vraiment les voir passer. Les journées se déroulent toujours avec cette même simplicité, et pourtant tant d'intensité. Même les moments où nous sommes juste dans des transats sur la terrasse à contempler l'horizon sans parler sont intenses. Les couchers de soleil sont magnifiques et les liens que je tisse chaque jour avec Pascale et Michel sont de plus en plus forts. Nous nous chouchoutons mutuellement. Je leur apporte un peu de leur fille dans leur quotidien et eux un peu de mes parents. Bien sûr, personne ne peut remplacer l'un ou l'autre, mais chacun prend ces petits cadeaux de la vie.

C'est un appel reçu par mon fils qui nous fait lever le camp. Des amis à lui viennent d'arriver en Ardèche et Sam serait content de pouvoir passer quelques jours avec eux. Il en a peu et c'est important à mes yeux de lui offrir cette possibilité de renforcer ces liens dans un cadre différent.

Le départ est un peu triste. J'ai du mal à quitter cette bulle sécurisante dans laquelle je me trouvais depuis quelques jours. Je suis redevenue une petite fille un instant et en même temps, je sens que j'ai encore grandi. Pascale nous a préparé un tas de choses à manger et Michel a glissé sur le siège conducteur de la voiture un bocal de cerises à l'eau-de-vie sur lequel il a collé une plume. Je suppose que ce sont les enfants qui lui ont raconté tout ça et cela me fait sourire. Je leur remets une longue lettre que j'ai pris la peine d'écrire la veille pour leur expliquer ce que mon séjour chez eux nous avait apporté à tous les trois et leur dire quelles merveilleuses personnes ils sont. Zoé leur offre un portrait qu'elle a fait d'eux lors de la soirée belote. Ils sont très touchés, et sans se faire de fausses promesses, eux comme moi savons que nous nous reverrons…

Pour la première fois depuis le début de notre voyage, nous programmons le GPS. Direction l'Ardèche non sans un petit pincement au cœur en traversant la place du village.

6

« *Tout rêve d'avenir métamorphose la manière dont on éprouve le présent.* »

Boris Cyculrik

La voiture est étrangement silencieuse, chacun laisse aller ses pensées au fil des paysages pourtant si beaux qui nous sont offerts. Le fait de ne pas se poser de questions en suivant le chemin indiqué par la voix monocorde du GPS rend la route plus monotone. Puisque l'on sait où l'on doit aller, nous sommes moins attentifs à ce que nous ne devons pas rater, moins dans l'observation de ce qu'il nous est offert de voir, moins dans l'émerveillement... C'est un peu comme la vie dans cette société où l'on te dit ce que tu dois consommer, gagner, faire, penser... un monde plein de « tu dois » et de « il faut », ponctué à tout âge par un rythme que tu ne choisis pas. Qu'importe ta nature profonde, tu vas à l'école de tel âge à tel âge, puis tu rentres dans la vie active, 39 heures par semaine contre 5 semaines de congés payés, jusqu'à l'usure qui arrive bien souvent en même temps que l'âge de la retraite. Et sur ce chemin tout tracé, tu vois les années défiler sans vraiment pouvoir profiter entièrement des belles choses que tu croises sur ta route.

J'allume la radio pour calmer ce flot de pensées pas très joyeuses et la voix de France Gall envahit l'habitacle :

Si l'on t'organise une vie bien dirigée
Où tu t'oublieras vite
Si on te fait danser sur une musique sans âme
Comme un amour qu'on quitte
Si tu réalises que la vie n'est pas là

Que le matin, tu te lèves sans savoir où tu vas
Résiste
Prouve que tu existes
Cherche ton bonheur partout
Va, refuse ce monde égoïste.

Cette chanson, que je connais pourtant par cœur et que j'ai chantée des dizaines de fois dans le seul endroit où je peux chanter sans mettre la vie d'autrui en péril, sous la douche, prend soudain un sens d'une profondeur qui me donne la chair de poule. C'est comme si j'entendais pour la première fois ce texte. Et qu'elle passe à la radio juste à ce moment-là me laisse sans voix…

— Zoé, ma douce ? Je voudrais que tu notes sur une feuille le nom des grandes villes que nous devons suivre pour aller dans l'Ardèche, s'il te plaît. Je préfère que nous cherchions des directions que de voyager avec la voix de cette dame que je ne connais pas, mais qui me tape affreusement sur les nerfs.

— Bah, maman ! C'est quand même pratique, le GPS.

— Mais je ne remets pas en cause le côté pratique ! J'ai juste l'impression d'être un robot… En plus, elle ne dit jamais Jacques a dit, elle n'est pas très fun !

Je sens dans le regard de ma fille un doute quant à l'intégralité de mes capacités intellectuelles du moment, mais, même lentement, elle s'exécute. Et comme par enchantement, lorsque j'éteins le GPS, la magie opère. La vie revient dans la voiture en même temps que l'observation du paysage. Nous sommes à nouveau en conscience, connectés. Nous faisons attention à l'endroit où nous sommes et où nous allons au lieu d'être « au rond-point, deuxième sortie » ou « à 100 mètres, continuez tout droit » !

Les enfants remarquent ainsi un village et son château en haut d'une colline. Cela fait un moment que nous roulons et une envie de glace se fait sentir. Nous reprenons plaisir à quitter les sentiers battus pour une courte mais délicieuse escapade dans cet endroit charmant. En rejoignant ensuite des axes un peu plus fréquentés, je tombe à un rond-point sur un panneau « Gorges du Tarn ». Comme souvent dans la vie où je parle avant de réfléchir, je ne peux retenir un coup de volant réflexe vers cette direction. Évidemment, cela provoque un tollé dans l'habitacle où les enfants en panique me crient dans les oreilles que ce n'est pas la bonne direction.

— Les enfants ! Au lieu de me percer les tympans, détendez-vous. En supposant que je me sois trompée, vos vies ne courent aucun danger immédiat ! Ensuite, avant de faire demi-tour, je voudrais que l'un de vous regarde sur son téléphone le temps de trajet en passant par cette route et que l'autre cherche des photos des gorges du Tarn, s'il vous plaît !

Zoé souffle, Sam râle…. « Résiste. »

— Je veux que nous changions de vie, mais je ne veux pas m'installer au bord d'une quatre voix. Donc, choisir un endroit qui nous plaît, c'est comme avec la nourriture… Il faut goûter pour savoir si on aime ou pas ! Faites-moi confiance, je ne proposerais pas ce détour pour vous montrer une décharge.

Les photos et un itinéraire de seulement deux heures de plus finissent par faire entériner définitivement cette option. La première demi-heure de route me laisse des doutes sur la pertinence de ce choix. La route n'est pas exceptionnelle. Mais soudain, au détour d'un virage, nous nous retrouvons en haut des gorges. Le paysage est saisissant. Nous nous arrêtons pour observer cette vue absolument grandiose. Nous nous sentons tout petits face à la puissance que dégagent ces roches et à leur histoire. Nous devinons des cavités dans la pierre, peut-être des grottes, et nous nous interrogeons sur les secrets qu'elles peuvent contenir. J'imagine des vestiges de la Préhistoire ; les enfants, des tigres à dents de sabre… Nous nous demandons quels animaux peuvent vivre dans cet endroit. Dommage que le Dahu ne vive que dans l'imaginaire, ce relief lui aurait été à ravir… Des aigles tournoient au-dessus de ce vide impressionnant… Seule la route sinueuse menant à une rivière presque turquoise que nous devinons à peine en contrebas nous rappelle à quelle époque nous sommes.

La traversée des gorges est une succession d'émerveillements. La route est extrêmement impressionnante avec des virages en tête d'épingle qui laissent apparaître à chaque fois un paysage époustouflant. Je m'arrête souvent pour laisser passer les voitures derrière moi et pouvoir rouler le plus lentement possible afin de profiter de chaque chose. La route qui longe le Tarn est tout aussi magnifique. L'eau est d'une couleur presque irréelle au pied de ces montagnes abruptes. Le voyant d'essence se met à clignoter. Je suis tellement déconnectée dans ce décor que j'en ai oublié certains principes de réalité : la voiture ne se nourrit pas de prana !

Trouver une station-service dans cet endroit me semble aussi improbable que de trouver quelqu'un de bonne humeur dans un tramway le matin aux heures de pointe, mais étonnamment, je m'en fiche. Je suis confiante. Zoé cherche désespérément à capter une radio, mais il n'y a que des grésillements. Et au milieu de ce brouhaha, nous entendons juste ce morceau d'une vieille chanson : « *Mon truc en plumes, plumes de z'oiseaux, de z'animaux* », puis plus rien. Je sais alors que je vais trouver du carburant, et effectivement, quelques virages plus loin, une petite station sort de nulle part. Je regarde les enfants et, sans en avoir parlé, nous nous comprenons… Ils ont vu le voyant, ils ont entendu cet extrait de chanson, et nous nous sourions.

Je profite de cette escale pour regarder une carte et noter dans un coin de ma tête qu'à un moment, pour rejoindre notre destination, nous devrons aller sur la gauche. Mais la route est trop belle et je veux y rester le plus longtemps possible. Elle s'éloigne d'elle-même de la rivière dans la bonne direction après un long moment et nous mène en Lozère. Cette région était associée dans mon esprit à un désert campagnard et est très loin de ce que nous découvrons au fur et à mesure de notre avancée. C'est effectivement peu peuplé, mais la nature y est somptueuse. Des champs vallonnés séparés par des murs de vieilles pierres se succèdent, laissant apparaître de temps en temps d'anciens abris de bergers en ruine. Je ne peux m'empêcher d'imaginer cette vie tout en simplicité, en harmonie parfaite avec la nature pourtant si rude… Plus nous avançons et plus nous avons l'impression de nous perdre au milieu de nulle part. Pour la première fois de ma vie, je roule sur une route communale. Je pensais que ça n'existait que dans le Code de la route. Elle nous mène sur un plateau absolument hallucinant. Nous sommes dans une immense vallée, cernée de petites montagnes, qui s'étale à perte de vue avec au loin un magnifique coucher de soleil. J'arrête la voiture au milieu de cette route déserte et nous nous installons sur un muret en pierre pour observer cela dans un silence absolu. Aucun mot ne serait adapté à ce moment de contemplation. Il se dégage une telle puissance de ce paysage. Le temps et les pensées s'arrêtent pour tout le monde…

C'est un bruit de moteur qui nous sort de cet état d'émerveillement. Une vieille fourgonnette s'arrête à notre niveau et un couple d'une soixantaine d'années vient vers nous tandis que nous regagnions la voiture.

— Bonjour ! Vous êtes en panne ?

— Non, désolée, on s'est juste arrêté pour regarder le coucher du soleil… Je pousse de suite la voiture.

— C'est amusant, nous, on habite pourtant ici, mais tous les soirs, on fait comme vous. Notre muret est juste un petit peu plus haut !

— Eh bien vous habitez dans une région absolument féérique ! Je n'imaginais pas la Lozère avec ce pouvoir hypnotisant !

— Vous venez d'où en Loire-Atlantique ? Nous sommes originaires de là-bas, mais la rencontre avec ces paysages a bouleversé nos vies depuis plus de 20 ans maintenant.

— Nous venons de Nantes et nous voyageons le plus loin possible des sentiers battus pour justement trouver l'endroit qui nous donnera l'envie de bouleverser la nôtre.

Nous discutons un long moment avec Arthur et Jeanne sur cet endroit perdu au milieu de nulle part. Nous réalisons que nous avons habité la même maison dans un quartier Nantais à 20 ans d'intervalle et que notre quête de liberté, de retour aux sources, est assez proche. Mais la nuit est tombée, nous ne sommes éclairés que par la lune et les enfants commencent à être fatigués et à avoir faim. Lorsque je leur demande s'il y a un terrain de camping pas trop loin pour poser notre tente, ils nous proposent leur jardin. Ils sont sympathiques et nous avons plein de choses à nous dire, je le sens. Les enfants valident cette option avec un signe de tête.

Lorsque je suis leur voiture, mes vieilles peurs de Parisienne reviennent me hanter : est-ce raisonnable d'aller dormir chez des gens que je ne connais pas ? Et s'ils étaient complètement frappadingues et que je menais mes enfants tout droit dans un remake de *Shining* ? Mais la voiture s'arrête devant un immense portail en fer dans lequel sont découpées... des plumes !

— Cool ! Nous sommes au bon endroit une fois encore ! s'émerveille Sam d'un ton enjoué.

C'est peut-être de l'inconscience, mais mes peurs s'évanouissent instantanément. La maison est un vieux corps de ferme en pierre rénové avec goût, avec une vieille grange sur le côté donnant sur un espace clos où l'on devine avec les phares plein d'animaux : des cochons, des poules et d'autres choses que je ne parviens pas à identifier.

— Vous pouvez laisser les chiens en liberté ici, me crie Arthur. Tout est clôturé, et notre vieux chien ne quitte son fauteuil que pour aller sur la terrasse. Ça va leur faire du bien de se dégourdir les pattes.

Effectivement, sitôt sortis de la voiture, Bob et Gotcha se mettent comme à leur habitude à courir comme des fous en faisant de grands cercles tandis que nous suivons Jeanne et Arthur qui nous invitent à rentrer chez eux. Nous avons à peine le temps de nous émerveiller devant la beauté de cet intérieur pourtant très rustique que plein de gens viennent vers nous. Il y a six adultes, les fils de nos hôtes et leurs épouses, et dix enfants de 6 à 17 ans, tous réunis pour les vacances. Les présentations sont chaleureuses et tous nous accueillent comme si nous étions de vieux amis de la famille. Zoé et Sam sont un peu intimidés, mais les jeunes leur proposent de profiter d'un dernier bain dans la piscine avant de passer à table. Nous nous dirigeons vers une immense terrasse en bois surplombant une piscine éclairée offrant une vue magnifique sur la vallée.

Je ne peux m'empêcher de questionner Jeanne :

— Pourquoi aller tous les soirs sur le muret alors que vous avez cette vue extraordinaire de chez vous ?

— Parce que c'est notre muret. C'est là que tout a commencé. C'est notre petit pèlerinage à tous les deux pour ne jamais oublier pourquoi nous sommes ici.

Leur petit bisou qui s'ensuit est touchant. Après presque 40 ans de mariage, il y a tellement d'amour qui se dégage dans leurs yeux, dans leurs gestes, c'est trop mignon. Je pense un bref instant au désastre de ma vie amoureuse et cela me provoque un petit pincement au cœur. Je n'ai pas le temps de m'y attarder, interrogée par tout ce petit monde qui souhaite savoir qui je suis. La conversation part dans tous les sens, il y a tant de choses à découvrir des uns et des autres. L'entente entre tous les membres de la famille est parfaite et l'ambiance est très sympathique. Ils sont tous adorables, même si je me sens plus proche de Bella et Jean-Luc. Nous sommes sur la même longueur d'onde, partageons le même regard sur le monde et partons dans des échanges profonds. Il y a beaucoup de sagesse dans cette famille humaniste passionnée de permaculture et d'écologie, des sujets auxquels je suis très sensible. Les enfants semblent à leur aise avec les jeunes de la maison et vaquent à leurs occupations comme s'ils se connaissaient depuis toujours. Même les chiens, épuisés par les milliards de ronds parcourus, ont trouvé un coin sur la terrasse où se poser sur le dos, les quatre pattes en l'air. Nous veillons jusque tard dans la nuit où nous imaginons un monde meilleur.

Je suis trop épuisée pour trouver le courage d'installer le matériel de camping et envisage de dormir dans la voiture, mais nos hôtes ne voient pas les choses de la même manière. Ils me proposent un grand dortoir à l'étage, sous les combles, où une partie des enfants, dont les miens, dorment déjà. Je m'endors sereine, heureuse de cette rencontre improbable avec la douce sensation de moins me sentir seule.

7

> « *Cultiver un potager, ce n'est pas seulement produire ses légumes, c'est apprendre à s'émerveiller du mystère de la vie.* »
>
> Pierre Rabhi

Je me réveille seule dans cet immense dortoir en n'ayant aucune idée de l'heure qu'il peut bien être. J'ai dormi profondément et je me sens en pleine forme. C'est plutôt rare, je me lève toujours épuisée. Lorsque je descends, tous les enfants sont déjà très actifs dans la piscine et je redécouvre avec le même émerveillement le paysage presque lunaire qui m'avait tant subjuguée la veille. Une partie des adultes dort encore, mais je rejoins les autres pour un petit-déjeuner face à cette merveille. Jeanne et Arthur invitent ensuite les enfants à ramasser les œufs et me proposent de faire le tour de leur ferme. Je découvre l'étendue de leur propriété en contournant la grange. Il y a effectivement deux cochons, sauvés d'un abattoir et complètement domestiqués, qui courent pour nous dire bonjour. Avec leur groin, ils réclament des caresses, puis suivent en courant Arthur qui joue avec eux. Il y a également des poules, sauvées d'un élevage intensif. Elles n'avaient jamais vu la lumière du jour avant d'arriver ici et n'avaient presque plus de plumes. Un cheval se dirige également vers nous et vient déposer un bisou sur le nez de chacun. Cet animal m'impressionne, mais en croisant son regard, toutes mes peurs s'évanouissent. Il dégage beaucoup de sérénité. Pourtant, il a été récupéré chez un propriétaire peu scrupuleux qui le laissait sans soins dans un champ. Il était d'une maigreur effrayante, d'une santé plus que critique et avait très peur des humains lorsqu'ils l'ont récupéré. Ce sont le temps et l'amour qui l'ont remis sur pied et réconcilié avec les hommes. Il est suivi par un âne qui reste le museau collé à son flanc en permanence. J'apprends qu'il est aveugle et que c'est Saphir qui lui sert de guide. Lui aussi vivait dans des conditions assez épouvantables et c'est une infection non soignée qui est à l'origine de sa cécité. Une solidarité s'est développée entre eux et Saphir veille à ce que le nez de Trotro soit toujours en contact avec sa croupe. Je suis très émue par l'histoire de ces animaux et très reconnaissante de ce que Jeanne et Arthur ont fait pour eux.

Jeanne m'apprend que chacun de ces animaux finira sa vie de vieillesse et en en profitant au maximum, comme cela devrait l'être dans un monde doué de conscience. Elle me montre ensuite la grange où les animaux passent l'hiver, qui peut être rude ici. Elle est propre, isolée et sent bon la paille. Une partie est dédiée au poulailler où les occupantes sont mises à l'abri des prédateurs pour la nuit. Lorsque les enfants ouvrent la porte, elles partent en courant sur le terrain, non sans manquer de manifester bruyamment leur joie, et nous laissent le champ libre pour ramasser les œufs.

D'autres parcelles vierges autour sont en jachère. Lorsque celle-ci est trop abîmée ou qu'il n'y a plus rien à manger, les animaux changent d'enclos, mais tous disposent d'un coin ombragé et d'un accès à la grange.

Jeanne explique avec beaucoup de passion chaque besoin de ces animaux et les soins nécessaires à chacun tandis qu'Arthur nettoie, répare, met de l'eau et des graines avec l'aide de ses petits-enfants et des miens qui semblent fascinés.

Elle me propose ensuite de me faire découvrir son potager et c'est sur le côté de la ferme que nous nous dirigeons alors. Là encore, je suis agréablement surprise. Je découvre pour la première fois un potager exploité en permaculture. C'est avec plaisir que je quitte la théorie pour le concret : je reconnais le « design » avec les plantes aromatiques au premier plan, puis l'organisation décroissante selon les besoins d'intervention humaine. Plus on avance dans le potager, moins les fruits et les légumes ont besoin de soins, l'objectif étant de s'économiser autant que possible. Les plantes et les fleurs poussent au milieu de ce joyeux bordel, chaque espèce ayant une interaction avec sa voisine : tantôt pour en éloigner certains nuisibles ou, au contraire, attirer certains insectes, pour modifier le pH du sol et le rendre plus favorable. Les clôtures sont faites de ronces qui sont propices à l'habitat d'oiseaux tout en fournissant des mûres et en protégeant le jardin du vent. Je découvre certaines plantes, de nouvelles odeurs, de nouvelles vertus médicinales, de nouvelles symbioses… Il leur a fallu plusieurs années de tests et de recherches pour trouver cet équilibre.

Dans la parcelle d'à côté, nous pénétrons dans le verger. Les arbres ne sont pas plantés de manière rectiligne et, une fois encore, chaque espèce sert l'autre. Les poules arrivent en courant et se dispersent. Cela évite le traitement chimique des arbres fruitiers, car elles s'attaquent aux vers qui grimpent sur les troncs et elles entretiennent la parcelle. Au fond, j'aperçois des ruches à l'ombre d'une partie plus boisée. Les poules sont effectivement un bon remède contre le frelon asiatique qui reste en vol stationnaire devant l'entrée des ruches qu'il souhaite attaquer. Elles s'en font alors un goûter, mais ne peuvent attaquer les abeilles qui volent dans tous les sens. Plus on s'approche des ruches, plus le bruit est intense. Elles sont des dizaines à rentrer et sortir dans un brouhaha assez impressionnant. Il y a également un petit plan d'eau auto-entretenu par quelques poissons et servant de pouponnière à certains insectes ou batraciens nécessaires à cet écosystème, mais aussi de bar ou de baignoire à plein d'espèces. Des dizaines de nichoirs sont posés ici et là sur l'ensemble des deux parcelles, tantôt sur les arbres, tantôt sur des poteaux. Ils abritent des espèces endémiques, mais aussi des chauves-souris, précieuses pour la gestion des insectes produits par la marre.

Jeanne est impressionnée par mon savoir théorique sur le sujet, mais je le suis encore plus par ce paradis créé dans une zone plutôt propice à la pâture. L'Homme détruit, mais ce petit bout d'Éden me remplit d'espoir et de joie. Elle me propose ensuite de visiter son laboratoire. Le garage de la maison a été intégralement transformé. Entièrement carrelé et équipé d'une cuisine immaculée, il sert à la transformation des produits récoltés. Jeanne fabrique des confitures, des compotes, du miel, des sirops, des alcools, transforme ses fruits et ses légumes ou les congèle. Des étagères entières sont remplies de bocaux, de pots, et d'immenses congélateurs regorgent de denrées en tous genres. Elle stocke également quelques plantes médicinales. Tout ce qui est produit ici ne sert qu'aux membres de la famille et à quelques voisins avec qui elle troque du fromage ou du fourrage pour les animaux. Ils arrivent presque à atteindre une autarcie alimentaire. La maison étant totalement payée, elle vend quelques tricots ou plaids en tissu fabriqués l'hiver, ainsi que quelques statues à base de vieilles ferrailles d'Arthur pour financer leurs autres besoins.

Je suis comme une enfant découvrant Disneyland pour la première fois. J'ai les yeux qui brillent, mon regard est attiré partout et je ne peux m'empêcher de tout toucher, tout sentir et, quand c'est possible, tout goûter. C'est un peu le projet que j'avais en tête, même si je voulais l'exploiter un peu plus de manière commerciale et y ajouter une utilité sociale… Je pose des milliards de questions, mais je réalise que seule, cela risque d'être compliqué. Ils sont deux, expérimentés et avec de faibles contraintes financières. Mais peu importe, c'est dans une vie comme celle-ci que je me projette. Elle est tellement pleine de sens ! Je me sens à ma place, connectée à ma nature profonde et en paix. Peu importe comment y parvenir pour le moment, ce qui compte, c'est tout ce que je ressens de juste et de bon pour moi dans cet endroit paradisiaque.

Malgré l'insistance de tous, nous refusons de rester une nuit de plus et nous nous préparons pour reprendre la route. J'aurais volontiers passé l'intégralité de mes vacances dans cet endroit de rêve avec ces gens merveilleux, mais je sais que le rendez-vous de Sam est important pour lui. Nous échangeons nos coordonnées et je sens que nous allons nous revoir : je les ai vus peu de temps, mais c'est comme si je les connaissais depuis toujours, ils sont une évidence.

Nous retournons une dernière fois sur notre muret pour admirer l'horizon et Sam demande ce qu'il peut bien y avoir au bout de celui-ci. Qu'à cela ne tienne ! Nous partons dans cette direction. Malheureusement, aucune route ne semble nous y mener directement et nous nous engageons sans le vouloir à travers une forêt. Un ciel bleu immaculé fait ressortir la couleur verte des arbres et les rayons du soleil forment des traits de lumière venant s'écraser sur l'asphalte. On a l'impression de traverser une image pieuse. Les fenêtres de la voiture sont grandes ouvertes et tous les effluves de la forêt rentrent dans l'habitacle. Nous sommes dans les Cévennes et c'est un véritable enchantement. Nous traversons quelques petits villages paisibles, atypiques, avec des maisons à flanc de montagnes boisé. Nous nous demandons où peuvent bien travailler les gens qui habitent ici... Il n'y a aucune activité économique à des dizaines de kilomètres à la ronde, le temps semble s'être arrêté.

Nous nous arrêtons un moment pour dégourdir un peu les jambes et les pattes de tout le monde sur un petit chemin de terre s'avançant dans la forêt. Même si la route est peu fréquentée, je choisis de garder les chiens en laisse, mais dès que je les descends de la voiture, ils se mettent à japper, s'agiter et à tirer vers le bitume. C'est un comportement inhabituel que je ne comprends pas et rien ne semble pouvoir les détourner de cette envie. Les retenir est assez difficile et je décide de les laisser me guider vers ce qui les perturbe. Ils me mènent vers le fossé et plus ils avancent, plus ils semblent excités. Je comprends soudain ce qu'ils voulaient me montrer : un animal blessé ressemblant à un chien est allongé au milieu des herbes sèches. Il semble avoir du mal à respirer et ne réagit pas à mon approche. Bob et Gotcha le reniflent et lui mettent des petits coups de museau, comme pour lui dire « C'est bon, maintenant, lève-toi ! », mais même cela le laisse sans réaction.

Il semble jeune, avec une queue touffue et de grandes oreilles. Je ne connais pas cette espèce de chien ni cette couleur, entre le brun et le roux. Il n'est pas mort, mais ne semble pas en grande forme, et le laisser ici le condamnerait à une mort certaine. Je ne réfléchis pas une seule seconde et c'est le cœur battant à toute allure que je passe à l'action. Je ramène les chiens à la voiture, récupère une serviette et ordonne aux enfants qui chahutaient à proximité de la voiture de remonter immédiatement dedans. Je vois à leur tête que ma voix n'est pas rassurante, mais ils sentent que c'est un ordre non négociable et s'exécutent en me bombardant de « pourquoi ». Mais pas le temps de répondre, je cours vers le chien et l'enveloppe délicatement dans la serviette en essayant de le manipuler doucement et le moins possible. Il pousse un cri étonnamment aigu, mais ne se débat pas. Tant qu'il y a du cri, il y a de l'espoir… Impossible de déposer cet animal à l'arrière avec les chiens. Je le dépose donc à l'avant sur les genoux de Zoé qui me regarde avec de grands yeux étonnés.

En démarrant la voiture, j'explique la situation aux enfants :

— Les chiens m'ont presque traînée en sortant de la voiture jusqu'à ce chien blessé. Je pense qu'il a dû être percuté par une voiture, mais il est encore vivant. Je ne sais pas si on va pouvoir le sauver, mais on va tout faire pour. Zoé, tu le surveilles et tentes de le rassurer en le caressant doucement, car on ne sait pas où il a mal. Sam, tu prends le téléphone et règles le GPS sur le premier vétérinaire que tu trouves. Et dès que tu en as un, tu l'appelles pour le prévenir que nous arrivons avec une urgence.

Zoé a toujours la bouche grande ouverte et les yeux écarquillés :

— Mais maman!! Ce n'est pas un chien… C'est un renard!

— Mais naaaan ??

Dans la précipitation, je n'ai même pas regardé sa tête, mais effectivement, un simple coup d'œil ne laisse aucun doute sur la justesse du diagnostic de ma fille.

— Ah oui! Effectivement! Bon, ça ne change rien, il a besoin d'aide… Par contre, à chaque fois que j'ai ramassé un animal sauvage et que j'ai contacté un vétérinaire, on refusait de me recevoir et on me renvoyait vers des associations de la faune sauvage qui ne répondaient jamais. Donc on ne change pas le plan, Sam… Tu dis qu'on amène un chien blessé et préparez-vous psychologiquement à ce que votre mère passe pour une bécasse!

Je passe à une conduite plus sportive tout en restant prudente et j'attends les instructions de mon fils. Le premier cabinet de vétérinaire est à plus de 50 km et 1 h 30 de route est annoncée par le GPS. Je ne sais pas si le chien-renard va tenir jusque-là, mais je n'ai pas d'autre option que d'essayer. Sam se débrouille comme un chef au téléphone avec le vétérinaire qui, par chance, nous répond. Je ne peux m'empêcher de rigoler en entendant mon fils répondre « marron » à la question du véto : « De quel type de chiens s'agit-il ? »

Le renard est conscient, mais ne bouge pas. Il ne présente aucun saignement externe, ce qui n'est pas rassurant pour autant. Il semble tout jeune. Il refuse l'eau que Zoé lui propose, mais ne témoigne aucune agressivité. Bob et Gotcha sont étonnamment calmes. Ils sont sagement assis à l'arrière et ne le quittent pas des yeux. La route semble longue et la forêt, interminable. Et comme d'habitude, nous ne parvenons pas à joindre les associations de faune sauvage. Je crie néanmoins tout en conduisant un message sur un répondeur en espérant que quelqu'un me rappelle.

Lorsque nous arrivons enfin dans une grande ville, je réalise que je n'ai aucune idée de la route que j'ai empruntée. J'ai conduit comme un zombie sous adrénaline. Avant de descendre, je fais un petit rappel aux enfants :

— Je vous préviens, il va certainement se moquer ! dis-je, histoire de dédramatiser la situation.

Et effectivement, dès que je rentre dans le cabinet, le vieux vétérinaire qui s'approche de moi marque un temps d'arrêt pour me dire :

— Mais Madame, c'est un renard !

Mon « Aaaah boooon ? » fait pouffer de rire les enfants, mais je continue de marcher vers la salle de consultation sans m'arrêter tout en criant aux enfants :

— Surveillez mon téléphone et occupez-vous des chiens s'il vous plaît, je reviens !

— Madame, c'est un animal sauvage, je ne peux pas m'en occuper…

— Ah, mais si, Monsieur ! J'ai fait 1 h 30 de voiture avec cet animal blessé sur les genoux de ma fille pour venir jusqu'à vous. Il n'est pas méchant, il souffre et je ne repartirai pas d'ici sans savoir ce qu'il a et si on peut le sauver !

Il pousse un grand soupir, appelle son assistante et me demande de patienter dans la salle d'attente. Au moment où je vais quitter la pièce, il me demande :

— Et les chiens qui sont dans la voiture, vous êtes sûre que ce ne sont pas des ours ?

Je lui fais un grand sourire, un clin d'œil et lui lance :

— Je vous remercie, vous êtes un amour.

Je sais qu'il n'a pas cru un seul instant à mon histoire.

Les enfants sont dans la salle d'attente avec Bob et Gotcha, pas du tout rassurés par le lieu. Ils connaissent bien les cabinets vétérinaires et se font tout petits sous les chaises.

Nous attendons un peu plus d'une demi-heure avant que le vétérinaire ne revienne vers nous pour nous annoncer tout un tas de nouvelles. C'est effectivement un jeune renard de moins de 6 mois, en pleine forme, à part une fracture sur sa patte arrière gauche qui est franche et réparable avec un plâtre et un repos total pendant plusieurs semaines. J'appréhende le moment où il va m'annoncer le tarif et surtout me le rendre en disant : « Prenez bien soin de lui. » Tout en écoutant l'anesthésie et les examens effectués, je ne peux m'empêcher d'imaginer la tête de nos vacances avec ce nouveau compagnon dans la tente ! Et rentrer à l'appartement pour prendre soin de lui aurait encore moins de sens ! Je pense à Jeanne et Arthur, mais pas sûr que la présence d'un renard soit compatible avec les poules. Et surtout, nous sommes à des heures de route de chez eux.

— Madame ?

— Oui ?

— Je vous demandais si vous vouliez lui dire au revoir avant de partir ?

— Au revoir ? Partir ? Mais que va-t-il lui arriver ?

— Mon assistante a prévenu une association qui va le prendre en charge. Je le garde en observation pour la nuit et il partira demain dans un refuge pour animaux sauvages qui prendra soin de lui. Il est trop jeune pour survivre seul, mais ils ont l'habitude, ne vous inquiétez pas.

Je me sens tellement soulagée. Les enfants se lèvent pour me faire un câlin. Nous allons à tour de rôle saluer notre rescapé qui se réveille doucement dans sa cage en fer. Je suis rassurée de le savoir entre de bonnes mains et lui conseille à voix basse de vite se remettre pour retourner dès que possible à la vie sauvage en évitant les hommes et les routes.

Je remercie chaleureusement le vétérinaire et regagne la voiture en réalisant plusieurs heures plus tard que je n'ai pas demandé si je devais quelque chose. Je suppose que si cela avait été le cas, il ne m'aurait pas laissé partir, mais j'aime bien l'idée d'avoir peut-être fait un véto-basket.

L'ambiance dans la voiture est plus détendue, mais plus électrique aussi… Une fois les tensions évacuées, ils sont super excités et je suis devenue une super-héroïne à leurs yeux, ainsi que les chiens, grâce à qui ce sauvetage a eu lieu ! Ils passent alors en mode questions « Et si ? » pendant un long moment sur le trajet : « Et si ça avait été un loup, tu aurais fait la même chose ? », « Et si ça avait été un sanglier ? », « Et si le reste de la meute t'avait attaquée ? », « Et s'il avait la rage ? », etc. Je réponds à chaque question, même si j'ai juste envie d'un peu de calme. Je ne veux pas qu'adultes, ils se retrouvent avec un sanglier blessé dans la voiture. Ce sujet de conversation nous tiendra tout le reste du trajet que je poursuis sur de plus grands axes pour ne pas arriver trop tard dans la nuit à notre prochaine étape. Je vous épargne leurs moqueries sur le fait que je n'ai pas fait la différence entre un chien et un renard. Et je sais que je vais être taquinée à ce sujet durant plusieurs jours…

8

« On ne peut pas peindre du blanc sur du blanc, du noir sur du noir. Chacun a besoin de l'autre pour se révéler. »
Proverbe africain

Il fait nuit depuis un long moment lorsque nous arrivons dans le village où Sam doit retrouver ses amis. Tout en pierre, sur les bords de l'Ardèche, avec ses rues étroites, il est charmant. Tellement mignon que tous les campings annoncent complets. Nous les visitons tous un par un avant de trouver le dernier emplacement disponible du secteur. Dès que je franchis la barrière avec la voiture, je ne m'y sens pas bien : il y a du monde partout, une succession de chalets, de caravanes et beaucoup de bruits. L'endroit qui nous est attribué est assez grand, mais avec une vue à 360° sur les autres campeurs. En face de nous, un petit chalet en bois avec une terrasse remplie d'adultes prenant l'apéritif en chantant sur des musiques des années 80 tandis que les enfants courent tout autour en jouant et en criant. Sur le côté gauche, un autre chalet dont les occupants ont visiblement pour objectif de réussir à bâtir d'ici la fin de leur séjour un mur antibruit avec leurs sacs-poubelle jaunes et gris. Sur notre droite, je miserais sur des Hollandais : déjà couchés, du matériel de camping de compétition, un manoir en tissu, des fauteuils plus confortables que mon canapé, un immense frigidaire et une table pouvant recevoir un banquet. Et cette grande question qui ne me quittera pas du séjour : comment font-ils pour rentrer tout ça dans une si petite voiture ? Derrière nous, deux tentes igloos avec des jeunes assis sur des bouts de bois écoutant du rap et fumant à tout va des choses qui me font planer, même à distance !

Les chiens attachés à un arbre avec une longe sont tendus et aboient à chaque fois que quelqu'un passe, c'est-à-dire tout le temps. Ils ne sont que tolérés et ça me rend nerveuse de les voir stressés. Une fois installés, nous partons tous ensemble explorer les alentours. Un chemin à travers les chênes-lièges mène au bord de la rivière. Cette promenade à la lumière de la lune aurait pu être magnifique si on ne voyait pas, jonchant le chemin, les bouteilles de bière, les feuilles de papier toilette, les emballages de sandwichs, les sacs plastiques… La petite plage de galets sur laquelle nous arrivons est envahie par des jeunes autour de feux de camp. Je trouve ça plutôt sympathique, mais les bribes de conversations qui me viennent aux oreilles me choquent. Suis-je si vieille que ça pour ne pas supporter les « sales putes » et les « wesh nique ta race », même pour rigoler ? Je crois que je suis fatiguée, c'est ce qui me rend un peu grognon ce soir.

La nuit est agitée : entre les voisins qui chantent jusqu'à pas d'heure *Africa* en hurlant « Je suis amoureuse d'une terre sauvage » et « Elle préfère l'amour en mer » avec 15 grammes dans le sang, les jeunes qui augmentent le son de leur musique au fur et à mesure que leur cerveau s'enfume, les Hollandais qui se lèvent à 6 h et parlent entre eux comme s'ils étaient seuls au monde et les chiens qui aboient à chaque nuisance sonore… Le petit-déjeuner est agréablement accompagné d'un défilé de personnes se promenant avec des rouleaux de papier toilette, tantôt accrochés à la ceinture, tantôt sous le bras, nous souhaitant un bon appétit auxquelles nous répondons « merci » avec un sourire et auxquelles je me retiens de souhaiter un bon caca. Le passage à la douche ressemble à une station-service à l'annonce d'une pénurie d'essence. Des dizaines de gens attendent, une serviette sur l'épaule et une trousse de toilette à la main, leur tour pour les sympathiques douches en vieux carrelage abîmé dont les portes laissent apparaître les mollets et les pieds des occupants. Sur le siphon, un arc-en-ciel de poils et de cheveux ne vous fait pas regretter d'avoir gardé vos chaussures pour l'occasion. Quant aux éviers pour la vaisselle, ils permettent d'établir très clairement le menu de chacun des campeurs et enlèvent tout intérêt à laver la vôtre qui risque d'être plus sale après qu'avant.

Les copains de Sam ne sont disponibles qu'en soirée, nous décidons donc de visiter les alentours. Je suis heureuse de m'éloigner un peu de cet endroit, mais visiblement, nous ne sommes pas les seuls à avoir cette idée. La région est très jolie, mais saturée par les touristes où que nous allions. Les ruelles du village médiéval que nous visitons sont coupées en deux : à droite, les visiteurs qui montent, à gauche, ceux qui descendent, un peu comme dans les couloirs du métro parisien. Si les habitants du XVIIe siècle qui ont occupé ces lieux voyaient ça, je me demande bien ce qu'ils en penseraient... Et si une seule personne s'arrête pour ne serait-ce que prendre une photo, c'est un embouteillage de plusieurs minutes qui s'étend jusqu'à l'entrée du village. Je sature assez rapidement et laisse les enfants explorer seuls l'endroit. Ils me rejoignent peu de temps après, complètement énervés. Il ne s'est rien passé de spécial, juste la chaleur, le monde et le bruit qui agitent un peu les nerfs. Nous quittons vite cet enfer à la recherche d'un coin où se rafraîchir au bord de la rivière. L'endroit le moins bondé est néanmoins assez chargé et les places ombragées sont chères. Les chiens tirent dans tous les sens, ils ne savent plus où donner du museau et leurs oreilles sont baissées en permanence, signe d'inquiétude. Les enfants se baignent tandis que tout en les surveillant, je ne peux pas m'empêcher de ramasser des dizaines de mégots autour de ma serviette. Je ne parviens pas à savourer ce moment, malgré un cadre plutôt joli.

Lorsque nous regagnons la voiture, une partie du parking se prépare pour une fête du village organisée par un groupe de chasseurs. Des sangliers entiers tournent sur des broches au-dessus d'énormes barbecues entourés de gens qui rigolent et boivent des bières dans la plus grande indifférence. Cela me rend profondément triste. Je ne suis pas née au bon endroit et à la bonne époque… Les peaux rouges et leurs rituels respectueux pour tuer les animaux auraient certainement mieux convenu à ma sensibilité. Le fait de manger de la viande, même si ce n'est pas ma philosophie, ne me dérange pas, mais faire la fête autour de cadavres, un peu plus. Je pense que tout le monde devrait tuer ce qu'il consomme au lieu d'acheter des trucs roses ou rouges dans des barquettes, pour avoir conscience de la vie qu'il y a dans son assiette. Sûrement que les gens en consommeraient moins et mieux, ce qui éviterait le gaspillage et serait bon pour l'écologie. Je suis presque contente de rentrer au camping, c'est dire !

Les copains de Sam ne font que reculer l'heure de leur rendez-vous et je le sens inquiet. J'espère qu'ils ne vont pas lui faire faux bond, il serait déçu et il est encore trop fragile pour encaisser ça. Ils se retrouvent finalement vers 23 h autour d'un feu de camp où nous étions hier soir. Je demande à Zoé de l'accompagner et de garder son téléphone accessible. Je me retrouve seule avec la même ambiance que la veille et les chiens dans le même état de stress. Il me tarde que cette étape se termine et que nous reprenions la route vers des contrées plus désertes. Elle vient comme une confirmation de mes choix à changer de vie. Si les gens sont heureux avec ce mode de vie, j'en suis ravie pour eux. Ce qui est certain, c'est que cela ne pourra définitivement plus être le mien. Je suis dans mes pensées lorsque mon téléphone sonne. Zoé me crie dans les oreilles en panique :

— Maman, une copine de Sam ne se sent pas bien, et je ne me rappelle que la moitié de ce que tu m'avais expliqué… Elle est tombée dans les pommes. J'ai mis sa tête sur le côté et je lui ai levé les jambes, mais je ne me rappelle plus ce qu'il faut faire après. Je dois lui donner des coups de pied ? C'est ça ?

Même si la situation n'est pas drôle, je ne peux m'empêcher de rigoler…

— Des coups de pied ?? Mais pour quoi faire ? Tu dois ensuite chercher de l'aide et éventuellement tapoter son visage, mais en aucun cas des coups de pied ! Pour le moment, tu as tout bien fait. J'appelle les pompiers et j'arrive. Elle respire ? Elle est consciente ?

— Ben, c'est vrai que ça paraissait chelou de donner des coups de pompe… Elle a fait un malaise et s'est écroulée sur le sol. Elle respire, mais ne se réveille pas. Viens vite, s'il te plaît !

— OK, ma grande. D'abord, tu respires un grand coup et tu arrêtes de paniquer, tout va bien se passer. Tu as eu les bons réflexes, je suis fière de toi. J'arrive.

J'enferme les chiens dans la voiture, prends une bouteille d'eau, quelques morceaux de sucre et descends sur le petit chemin tout en appelant les pompiers pour leur expliquer la situation. Lorsque j'arrive enfin, mes enfants sont autour d'un corps allongé et en panique. Je demande si les autres sont partis chercher des secours, mais en fait, ils se sont juste enfuis parce qu'ils avaient bu et fumé des joints. Courageux, les gars ! Je reste en ligne avec les pompiers en mode haut-parleur et me rapproche de la jeune fille au sol. Elle semble bien pâle, même sous l'éclairage de la lune. Chacun de mes enfants lui tient une jambe en l'air et elle respire. Je lui tapote un peu les joues et lui passe un peu d'eau fraîche sur le visage. Elle ouvre doucement les yeux. Je lui pose plein de questions en lui demandant juste de me répondre par oui ou par non avec un geste de la tête. Elle n'a mal nulle part, elle a bu, elle a fumé, n'a rien mangé de la journée et se sent trop faible pour s'asseoir. Je lui pose mon gilet sur la poitrine, car elle semble gelée et la rassure le temps que les pompiers arrivent tout en lui frictionnant le corps pour la réchauffer. Ils semblent bien connaître l'endroit et nous trouvent assez facilement. Même si la jeune semble aller un peu mieux, elle reste allongée, pleure et ne cesse de répéter : « Ma mère va me tuer. » Je ne sais pas si c'est ce qu'elle pense vraiment ou si c'est l'alcool qui lui fait tenir de tels propos, mais je lui explique qu'aucun parent ne tuerait son enfant parce qu'il a survécu à un malaise. Ça fait sourire les miens, mais pleurer encore plus fort la jeune fille.

Un pompier vient féliciter mes enfants de ne pas avoir pris la fuite. Visiblement, c'est plutôt habituel comme pratique. Lorsque nous nous retrouvons seuls sur la plage, mes enfants sont plutôt silencieux. Ils s'attendent à ce que je les questionne sur leur propre consommation et que je fasse la morale sur l'effet de groupe, mais je crois que cette expérience se suffit à elle-même pour qu'ils le comprennent tout seuls. Je choisis l'humour pour détendre un peu l'atmosphère :

— Un renard hier, une jeune fille aujourd'hui… Vivement demain !

Ça marche, ils rigolent et Sam ajoute même :

— Heureusement que tu n'es pas venue avec une seule serviette, on n'en aurait jamais assez pour finir les vacances !

Le temps de marche jusqu'à la tente est dédié à l'expression de la peur qu'ils ont eue en la voyant s'écrouler, à leur étonnement de voir la plage entière se vider et à une révision de certains gestes de premiers secours.

La nuit est aussi bruyante que la précédente, mais au réveil, lorsque je demande à Sam quel est son programme de la journée avec ses copains, je suis fière de sa réponse :

— Aucun ! Inès ne voulait pas boire. Ils se sont moqués d'elle et elle s'est sentie obligée. En plus, ils faisaient partie des premiers à se sauver. Je crois que tu peux arrêter de les appeler « mes copains ».

— Ça te rend triste ?

— Pas de ne plus les voir. C'est de ne pas avoir vu avant ce qu'ils valaient qui me rend triste.

— Il faut du temps pour apprendre à vraiment voir les gens. J'apprends encore à mon âge. Le plus dur est de ne pas être un suiveur, de savoir dire non et d'affirmer sa différence. Mais ça va venir... Il y a un proverbe africain qui dit : « *On ne peut pas peindre du blanc sur du blanc, du noir sur du noir. Chacun a besoin de l'autre pour se révéler.* »

Cette phrase les laisse penseurs un petit moment avant que Sam n'interrompe le silence :

— Bon ! Ben on part d'ici ? Parce que même si c'est beau, c'est chiant !

— Zoé ?

— Avec grand plaisir ! Même les chiens n'aiment pas être là...

— Cool ! C'est parti, on démonte et on s'éloigne autant que possible des zones à fêtes foraines.

Je sens au pliage grossier et au rangement en vrac qu'ils sont aussi pressés que moi de partir.

9

« Le monde est aveugle. Rares sont ceux qui voient. »

Bouddha

Nous prenons la direction des gorges de l'Ardèche. Le souvenir de celles du Tarn est encore tellement vibrant que nous ne voulons pas rater celles-ci. Même s'il est très tôt, la route à l'approche des gorges est de plus en plus encombrée. Nous croisons des quantités incroyables de minivans remorquant des canoës. C'est à se demander comment autant de bateaux peuvent tenir sur un cours d'eau qui n'est pas si large que ça. Lorsque nous commençons à le longer, les paysages que nous découvrons entre les arbres sont effectivement sublimes. Et lorsque nous arrivons à un endroit où la vue est plus dégagée, nous sommes époustouflés par la beauté du site. Une immense arche taillée dans la roche surplombe l'Ardèche, créant un pont naturel entre les immenses falaises dans lesquelles la rivière a creusé son lit. C'est majestueux et les couleurs sont à couper le souffle. Il semble néanmoins impossible de s'arrêter à cet endroit. Nous sommes pris dans les embouteillages, avec des flots de piétons se dirigeant vers la rivière et des personnes faisant la circulation sur les parkings saturés autour du site. Sous l'arche en roche, on distingue à peine la couleur incroyable de l'Ardèche tant il y a d'embarcations rouges et jaunes dessus ! J'espère qu'aucune espèce vivante en dessous n'a besoin de photosynthèse pour survivre, car peu de lumière semble passer vu le flot de canoës qui continue d'affluer en permanence. La région est magnifique, mais à visiter hors saison si on ne veut pas se prendre un coup de rame ou être tenté d'en distribuer !

Lorsque nous entamons la montée, le trafic se fluidifie enfin. La route est sublime avec la végétation particulière, les roches blanches et l'eau presque verte coulant en contrebas des falaises. Nous nous arrêtons très souvent pour observer l'immensité des plateaux qui surplombent cette faille tortueuse et si belle. Vus d'en haut, les canoës ne sont plus que de petits points de couleurs. Le chant des cigales, inaudible jusque-là à cause des nuisances sonores, nous explose aux oreilles. Nous avons la chance d'apercevoir à plusieurs reprises des bouquetins de manière assez furtive. Il ne s'agit peut-être que de chèvres, mais nous ne les voyons jamais assez longtemps pour en être certains. Nous sommes enfin reconnectés au calme, à la nature, et le bouillon intérieur qui m'animait depuis deux jours n'est plus. Je suis à nouveau dans la contemplation, je respire, je ressens et je m'apaise. Les enfants semblent connaître cette même transformation et les chiens sont de nouveau calmes et sereins.

Nous avançons sans savoir où nous allons, et cette sensation de liberté avec cette pointe d'aventure est juste incroyable. Des paysages différents, mais tous très forts s'enchaînent jusque dans le Vaucluse. Nous traversons par hasard la tristement célèbre Vaison-La-Romaine. Cette cité médiévale est si belle qu'il est difficile d'imaginer que des gens ici ont péri à cause d'intempéries dramatiques. Les enfants n'utilisent plus leur téléphone que pour chercher des informations sur les lieux que nous traversons, les plantes, les arbres ou les animaux que nous croisons. Cette cité n'y échappe pas. Et même si le magnifique ciel bleu qui nous accompagne aujourd'hui nous empêche d'imaginer qu'un tel drame se soit produit ici, nous ne pouvons pas ne pas penser à la quarantaine de morts et aux disparus suite à la violente crue de 1992.

C'est le moment que choisissent les enfants pour me questionner sur la mort. Et c'est Sam qui lance le débat :

— Maman ? Qu'est-ce qui se passe quand on est mort ?

J'ai autant envie de répondre à cette question que d'être un sanglier embroché par des chasseurs à une fête de village ardéchois.

— Comment ça, qu'est ce qui se passe ? Tes organes ne fonctionnent plus, ton cerveau n'est plus oxygéné, bref, tu ne vis plus... C'est quoi ta question, exactement ?

— Je voudrais savoir ce qui se passe après. Est-ce qu'il y a un Paradis ? Un Enfer ? Rien ?

Aïe ! J'ai grandi en étant athée, donc convaincue qu'il n'y avait plus rien après. Nous venions au monde, vivions comme nous le pouvions, certains avec des vies comportant beaucoup plus d'épreuves que d'autres, et nous finissions dévorés par des invertébrés. Mais cette idée a tellement été insupportable lorsque mes parents adoptifs sont morts ! Ça a laissé un goût amer de « tout ça pour ça ? » qui a profondément ancré un manque de sens à ma vie et un état permanent de nostalgie en moi, voire de dépression. Je me suis toujours demandé, même toute petite : pourquoi venions-nous au monde ? Pas pour du métro-boulot-dodo comme m'a permis d'en prendre conscience ce voyage, mais au-delà d'apprendre à être dans le moment présent, d'être en conscience, de se débarrasser de ses filtres, de ses croyances limitantes, de ses peurs, notre vie n'a-t-elle pas une autre dimension ? Le décorum des religions est trop incohérent à mes yeux pour que mon esprit cartésien y adhère. Religion rime trop à mes yeux avec massacres, pouvoir, dictature de la pensée, manipulation de masse. Mais entre le Paradis de la Bible et le néant de mes croyances, il y a peut-être une autre possibilité dont j'ignore l'existence. Que devient notre conscience ? Le corps meurt, c'est une certitude... mais notre esprit ? Ce qui fait que nous sommes ce que nous sommes. Est-ce que cela disparaît aussi ? Et toute cette beauté vivante vue depuis le début de notre périple, qu'elle soit végétale, animale, minérale, dégage tellement d'énergie... Est-ce que cette énergie s'évanouit également ? Un immense frisson me parcourt du bas du dos jusqu'au cou et me fait sortir de mes pensées pour entendre Sam me reposer cette question laissée sans réponse.

— Je ne sais pas, Sam. Certaines personnes ont vécu ce que l'on appelle des EMI, Expériences de Mort Imminentes. Ils sont morts au regard du corps médical pendant un certain temps, c'est-à-dire que l'ensemble de leurs constantes corporelles et cérébrales ne répondaient plus, mais ils sont revenus à la vie. Tous témoignent que leur âme est sortie de leur corps pour aller vers un tunnel lumineux où ils se sentaient bien, ressentaient beaucoup d'amour et où ils retrouvaient des proches décédés. Mais leur heure n'était pas venue, ils ont donc été renvoyés dans leurs corps. Je ne sais pas si cela est vrai, mais j'aime bien cette idée. Et vous ? Vous en pensez quoi ?

Je me surprends moi-même à être presque convaincue par ce que je viens de dire. Je ne sais pas si c'est pour ne pas transmettre à mes enfants cette peur du néant après la mort ou pour me rassurer, mais cette version résonne de sens. Un second flot de frissons me parcourt le dos.

— Mais tu as toujours dit que le Paradis et l'Enfer, c'était des bêtises !

— J'ai toujours dit que les représentations qu'en faisaient les religions étaient dénuées de sens. On en a déjà discuté, je les vois comme des « sectes ». Mais ce n'est pas parce que je ne crois pas en cette vision de la spiritualité qu'il n'y a pas une explication spirituelle aux choses... Il y a peut-être une autre vérité quelque part ? Et peut-être que celle des gens qui ont vécu une EMI en est une ? Sincèrement, je ne sais pas...

Les voilà embarqués dans une discussion passionnée qui part dans tous les sens : ésotérisme, paranormal, fantômes, zombies... jusqu'au parc naturel des Baronnies provençales, une incroyable terre sauvage avec des reliefs très singuliers.

De grands rapaces volent au-dessus de nous, les pierres des montagnes alentour semblent avoir été taillées et seuls d'immenses champs de lavandes en fleur rappellent une activité humaine dans ce lieu. Les nuits précédentes ayant été peu qualitatives et la route du jour un peu longue, je propose que nous trouvions un endroit pour la nuit dans les hauteurs de ce parc et de profiter de la fin d'après-midi pour nous détendre un peu. Nous croisons quelques cyclistes sur notre route que la voiture elle-même a du mal à monter. Avec cette chaleur, même sans, je crois, un tel exercice me ferait ressembler à un tourteau : toute rouge, avec de la mousse blanche au coin des lèvres et les yeux très loin des orbites ! Je me demande où j'aurais le plus mal… Aux cuisses, aux fesses ou aux poumons ?

Dans les hauteurs, perdu au milieu des arbres, nous trouvons un camping en pleine nature. De grands panneaux de bois appellent à la propreté et au respect de l'environnement. Des espaces dédiés à l'observation des oiseaux et des étoiles entourent les lieux. Le temps que nous nous installions, que nous prenions une douche et que nous avalions quelque chose, la nuit est déjà là, et le ciel dégagé, rempli d'étoiles. Les enfants, épuisés, choisissent de rester couchés avec un bouquin et de la musique sous la tente avec les chiens. Je suis fatiguée également, mais ce ciel m'attire et je pars vers un des sites d'observation. Deux couples sont déjà allongés sur les transats en bois prévus à cet effet et après un rapide « Bonsoir », je me retrouve face à la beauté des cieux. Le site d'observation est une immense terrasse en bois adossée à la roche, offrant une vue dégagée sur la vallée des Lavandes et un ciel à perte de vue. Un des hommes possède un laser et explique les étoiles, les constellations, la station orbitale ISS qui passe au-dessus de nos têtes toutes les 90 minutes. C'est un passionné et il est passionnant. Nous l'écoutons tous et lui posons des tas de questions. La conversation dévie doucement sur les sujets évoqués l'après-midi avec les enfants : ils parlent de l'Univers, pas celui que nous sommes en train d'observer, mais comme un endroit d'où nous venons lorsque nous choisissons de nous réincarner. Dubitative, mais intéressée, je questionne. Ils parlent de signes, de synchronicités, de guides, de messages que nous recevons pour nous guider dans notre mission de vie. Ils expliquent que nous venons pour vivre des expériences, nous améliorer à chaque incarnation et vivre l'amour inconditionnel. Je ne suis pas convaincue, mais pas hermétique comme d'habitude à ce type d'échanges. J'essaie de comprendre leur vision des choses tout en réalisant que mes choix, mon regard sur les situations et mes questionnements ne sont pas très éloignés du leur. Nous nous quittons assez tard dans la nuit après avoir convenu de nous retrouver le lendemain soir pour un pique-nique nocturne dans un endroit encore plus dégagé que celui-ci et voir le ciel à 360°. Lorsque je regagne mon couchage, Bob est sur mon lit et il a une plume blanche sur le dos. Je repense à cette histoire de signes et, à nouveau, un frisson me parcourt le dos. Je n'ai rien raconté de tout cela à mes nouvelles connaissances ce soir, mais si l'occasion se présente demain soir, je les questionnerai sur ce hasard qui ne semble pas en être un.

Puisque nous restons ici une nuit de plus, nous partons le lendemain visiter les villages médiévaux des alentours. Ils sont chargés d'histoire et pourtant pas très touristiques, pour notre plus grand confort. Nous trouvons également dans les bois du romarin et du thym. Nous en cueillons quelques branches avec précaution et cela embaume agréablement la voiture. Vers 17 h, nous rejoignons avec notre sac à dos rempli de victuailles le groupe de randonnée pour cette virée nocturne. Les quatre personnes de la veille sont là, ainsi qu'un autre couple que je ne connais pas et quelques enfants. Nous partons pour une heure de marche. Tout le monde a des chaussures de rando, sauf nous qui traînons en baskets. L'ambiance est sympathique, le groupe est ouvert et bienveillant. Je marche avec le couple rencontré quelques minutes plus tôt et rapidement, la conversation se porte sur la communication des arbres. Je viens de terminer le livre *La vie secrète des arbres* que Zoé a commencé à dévorer la veille. Alex est sophrologue et explique que sa grand-mère lui a appris à sentir l'énergie des arbres. Nous nous arrêtons tous de marcher pour faire une expérience. Après quelques exercices de respiration pour faire le vide dans notre tête, nous nous approchons très lentement chacun de notre côté d'un tronc d'arbre que nous avons choisi. Elle nous demande nos ressentis et, sans surprise, je ne ressens rien.

— Lily, c'est ta croyance qui t'empêche de ressentir. Ouvre ton sternum et surtout, ouvre ton esprit. Ce n'est pas parce que tu ne connais pas que ce n'est pas possible.

Cette phrase résonne dans ma tête... Elle a raison. Et je crois que ce voyage en est la preuve. Je recommence donc l'expérience en laissant autant que possible mon mental de côté. Je me concentre sur l'arbre et sur mon corps. J'avance tout doucement jusqu'à ressentir des picotements de plus en plus forts dans mes mains. Alex se met à côté de moi.

— Ça y est ! Tu as raison, c'est exactement à partir de cet endroit que l'on sent son énergie.

Je suis submergée d'une émotion incontrôlable, parcourue de toujours ce même frisson et ne peut retenir quelques larmes. Tout ça est si logique. Pourquoi n'est-ce pas cela que l'on nous enseigne à l'école ? Apprendre à écouter et comprendre la nature... Je suis surprise de voir que les enfants ont réussi du premier coup et Alex m'explique que c'est plus facile pour eux, ils ont moins de barrières et s'ouvrent plus facilement à ce genre d'expériences.

Nous poursuivons notre marche et le sujet des énergies bascule sur celui des auras, les différents champs d'énergie que chaque être vivant possède. J'hésite à poser des questions, mais Zoé, qui n'a pas perdu une seule miette de la conversation, raconte l'histoire des plumes que nous avons trouvées dans des endroits improbables et dans quelles circonstances. Alex parle d'ouverture spirituelle, de connexions à l'univers, de signes que nous recevons comme des confirmations. Son mari, Benjamin, mexicain, raconte avec un accent délicieux ses expériences chamaniques. Je découvre que chaque personne du groupe a un parcours spirituel différent, mais certain. L'une d'entre elles a justement fait une EMI plus jeune pendant un coma et est revenue avec des dons de clairvoyance. Elle s'appelle Isabelle et est bombardée de questions de la part de mes enfants... Alex, c'est grâce à la méditation qu'elle s'est ouverte à d'autres choses et une communication avec celui qu'elle appelle son guide... Je parle timidement des frissons que je ressens depuis quelques jours et Alex me confirme que c'est comme ça que cela commence. Nous nous installons pour manger sur un plateau dégagé offrant une vue de dingue sur les terres et le ciel, et Isabelle, installée à mes côtés, me transmet des messages : « Je suis sur la bonne route et en plein éveil spirituel. Je vais bientôt rencontrer mon âme jumelle et construire avec elle mon nouveau projet de vie. Nous avons déjà vécu plusieurs vies ensemble et nous étions très heureux. Mes enfants vont l'adorer et réciproquement. » Je ne comprends pas tout ce qu'elle dit, je ne sais pas ce que sont des âmes jumelles, mais je l'écoute comme une enfant écouterait un conte et c'est apaisant. Vrai ou non, peu importe, en fait...

Je regarde l'assemblée réunie autour de ce pique-nique au milieu de nulle part et je me demande si je suis folle, si tout ça est réel ou s'ils sont tous perchés. Mais comme pour m'éloigner de mes doutes, Benjamin sort, en me faisant un petit clin d'œil, une bouteille de vin de son sac à dos sur laquelle une plume est dessinée sur l'étiquette. Et la bouteille juste devant moi porte le nom « Change ». Je choisis de ne plus résister pour la soirée et de me laisser porter par tout cela, sans jugements et sans questions.

Nous rentrons à la lumière de lampes frontales après une soirée pleine de magie, la tête dans les étoiles. Je me sens légère à l'idée de ne pas être seule et débarrassée de cette peur de la mort... Alex parle d'un nouveau palier de lâcher-prise. Je suis envahie d'un bien être profond et d'un regard rempli d'amour sur tout ce que j'observe. Je ne sais pas ce qu'il s'est passé exactement ce soir sur ces montagnes, mais toute notion de colère a disparu. Je sens également que quelque chose a changé chez les enfants : je devine comme de l'espoir.

10

« Cherche la vérité dans la méditation et non continuellement dans les livres moisis. Celui qui veut voir la Lune regarde le ciel et non l'étang. »

Proverbe persan

Pour la première fois depuis notre départ, j'ai mis un réveil à sonner ce matin. Alex a proposé une séance de méditation en pleine nature et surtout très tôt. Je m'éclipse sans faire de bruit et laisse tout le monde dormir. En prenant mon petit-déjeuner, je regarde le soleil se lever sur les montagnes voisines et les champs de lavande en contrebas. C'est absolument divin. Cette pensée me remémore la discussion d'hier et soudainement, le rêve étrange que j'ai fait cette nuit : j'ai quitté mon corps. Je l'observais d'en haut, allongé en train de dormir avec les enfants à côté et les chiens entre les jambes. J'ai continué à voler, traversé la tente et pris un peu de hauteur. C'était agréable et j'avais très envie de voler plus loin, mais j'avais peur de ne pas retrouver mon chemin. J'ai donc réintégré mon corps. Je pense que toutes les histoires de la veille ont un peu trop chamboulé mon esprit…

Je retrouve Alex pour la séance de méditation. Nous marchons jusqu'aux arbres de la veille et sur le trajet, je lui raconte une expérience ratée de yoga lorsque j'avais 20 ans :

— Un collègue qui faisait du yoga depuis très longtemps propose à une amie et à moi de venir à une séance de découverte. Curieuse, j'accepte avec grand plaisir. Nous nous retrouvons dans une salle pleine de lumières tamisées et une musique à consonance tibétaine avec une quinzaine de personnes qui pratiquent depuis assez longtemps. Je tente de m'asseoir comme les autres : à genoux, les fesses posées sur les pieds. Mais je suis souple comme un tronc d'arbre et la position est assez inconfortable, voire douloureuse. Je change donc d'appui assez souvent et gigote beaucoup. La prof lance des exercices de respiration pour commencer. Nous devons fermer les yeux, détendre tout un tas de zones qu'elle cite, mais qu'il est impossible de détendre de mon côté en raison de l'inconfort de ma position, puis nous dit quand on doit inspirer et expirer. Sauf que les temps de respiration sont hyper longs et que je pense que je vais mourir étouffée à chaque fois. Je triche donc un peu pour survivre. À l'exercice suivant, nous devons faire la même chose, mais en nous massant le sternum. Je suis assez étonnée par cette demande et n'en comprends pas l'intérêt. Mais elle insiste en expliquant comment faire des petits ronds sur notre sternum en respirant. Je trouve l'exercice débile, ouvre les yeux pour trouver celui de ma collègue et voir si elle aussi se questionne. Et là, je réalise que j'ai confondu rectum ou scrotum avec sternum et que la zone que je masse n'est absolument pas la bonne. J'explose de rire silencieusement et rectifie immédiatement ma zone de massage, mais croise le regard de ma collègue qui a tout vu et qui est morte de rire. C'est l'un des plus grands fous rires de mon existence, mais il était impossible de faire du bruit pour ne pas perturber les autres. J'ai passé toute la séance à faire la respiration du petit chien pour ne pas exploser bruyamment de rire avec des larmes qui coulaient en permanence. Et à chaque fois que je parvenais à me calmer, j'entendais ma collègue faire la respiration du petit chien également et je repartais pour un tour. J'avais mal aux joues et au ventre à force de rigoler de cette façon, c'était horrible !

Alex est morte de rire.

— Mais comment on peut confondre les deux ?

— Je n'en sais rien moi ! Je devais dormir pendant les cours de sciences naturelles, sûrement !

— Pourquoi tu n'es pas sortie un moment pour tout expulser et te calmer ?

— Parce que j'étais tellement concentrée sur le fait que je devais arrêter de rire que je n'y ai même pas pensé sur le moment. Ma collègue non plus, d'ailleurs... On s'en est fait la remarque qu'à la fin du cours, ce qui nous a occasionné un nouveau fou rire ! Et tu vois, plus de 20 ans après, ça me fait toujours autant rire ! Et même lorsque les exercices ont changé, c'était impossible de s'arrêter. Elle a terminé le cours par des exercices de visualisation. Nous étions allongés, avec un oreiller et des couvertures, et nous devions visualiser des images qu'elle nous donnait.

— C'est un peu ce que nous allons faire aujourd'hui... Comment s'est passé cet exercice ?

— Une catastrophe. J'ai vraiment essayé de me concentrer, mais mon cerveau, lui, n'était pas très coopératif. Nous devions visualiser les vagues de dunes de sable, comme si nous les survolions. J'ai commencé à les voir jusqu'à ce que mon cerveau entame un petit dialogue intérieur : « Bah ? Comment tu fais pour voler ? »... « J'en sais rien, moi, en hélicoptère, sûrement ! »... « En volant si bas ? » Et l'image des vagues lisses de sable s'est transformée en tempête de sable à cause des hélices de l'hélicoptère, ce qui m'a déclenché un nouveau fou rire.

— Ah oui ! Ton mental est bien bien présent, me dit-elle en rigolant.

— À l'image suivante, on devait visualiser notre main se rapprochant d'une bougie et en sentir la chaleur sur notre paume. Je me suis un peu calmée depuis l'histoire des dunes et j'ai l'image en tête. Mais au moment où ma main s'approche de la bougie, pour une raison que j'ignore complètement, j'ai un morceau du générique de l'émission *50 millions d'amis* que je n'ai pas vue depuis des années qui me revient dans la tête : une tortue qui éteint une bougie en soufflant dessus. À chaque fois que ma paume se rapprochait de la flamme, la tortue du générique sortait de nulle part pour l'éteindre. Je n'en pouvais plus de rigoler... J'ai arrêté d'essayer et attendu sagement la fin du cours.

Alex en pleure de rire...

— Eh bien, ce n'est pas gagné pour l'exercice auquel je pense aujourd'hui ! Je vais te faire rencontrer ton enfant intérieur.

— Comment ça ?

— La petite fille que tu étais, pleine de rêves, d'énergie, et que tu as laissée de côté pour grandir. On va la retrouver, elle est toujours dans un coin de toi. Tu vas voir, c'est assez intense comme exercice... mais tu vas devoir laisser toutes tes pensées de côté, virer toutes les questions parasites qui vont venir à toi. Ce n'est pas simple au début, mais pas impossible. Il faudra juste écouter ma voix. Tiens, voilà ton arbre, on va s'installer là.

Je m'assois sur une serviette et je me cale, sur ses conseils, le dos contre un arbre. Je ferme les yeux et suis le son de sa voix. J'ai beaucoup de mal à visualiser ce qu'elle me dit et pose beaucoup de questions. Elle me précise avec une voix douce et monocorde qu'il n'y a rien de précis à imaginer. Si je dois monter des marches, peu importe leur matière, c'est moi qui choisis... Si elles sont éclairées, que cela soit par des bougies, des leds ou des néons n'a aucune importance... Je crée le décor qui me convient, qu'importe s'il est impensable dans la vraie vie. À force d'entendre cela, je lâche prise et plonge dans un état semi-conscient. Sa voix me guide et je m'entends lui décrire ce que je visualise sans être complètement consciente de ce que je raconte, mais très consciente de ce que je vois. Et soudain, la magie opère. Dans un lieu complètement imaginé par mon esprit, une sorte de forêt digne d'un Walt Disney, je décris qu'une biche vient vers moi, qu'elle a les larmes aux yeux, qu'elle pose sa tête contre mon cou et qu'elle me dit :

« Tu en as mis du temps ! » Je la serre dans mes bras et je pleure à chaudes larmes. C'est intense en émotions, en amour. Lorsque l'étreinte s'arrête, ce n'est plus une biche qui est devant moi, mais moi vers 6/8 ans, je dirais, les yeux pétillants, un grand sourire. Et là, tout me revient… l'insouciance, l'imagination, le jeu, les rêves, l'amour, la confiance en la vie qui m'habitaient à cet âge-là. C'est un tsunami intérieur. Je lui demande pardon… pardon de l'avoir oubliée, pardon de l'avoir reniée. Elle me refait un câlin et me murmure à l'oreille : « Ce n'est pas grave ! Maintenant, je sais que cela n'arrivera plus et que tu sais où me trouver. »

Alex me ramène doucement à la réalité et lorsque j'ouvre les yeux, j'ai l'impression d'avoir dormi et rêvé, mais les larmes sur mes joues sont bien réelles et je me souviens de tout avec une précision parfaite. Elle me tend des mouchoirs et m'invite à laisser sortir toutes mes émotions.

— Waouuuh ! Merci pour ta confiance, je ne pensais pas que tu partirais aussi loin et de façon aussi intense sur cet exercice, surtout avec ce que tu m'as raconté juste avant.

— Merci à toi, surtout ! C'était un truc de dingue… Je me sens juste profondément triste de prendre conscience à quel point j'ai tué cette petite fille que j'étais et combien je l'ai éloignée de ses rêves. Il y avait plein d'animaux en troupeaux autour de nous et c'est vrai que je m'imaginais bergère à l'âge où les jeunes filles se voient institutrices ou princesses.

— Prendre conscience des choses, c'est les faire bouger. Se reconnecter à soi, c'est quelque chose que l'on ne nous apprend jamais à faire. Au contraire, tout ce qu'il y a autour de nous, la télévision, les écrans, les informations anxiogènes, nous en empêchent. Il faut savoir prendre des temps de calme, pour soi, et apprendre à se retrouver.

Nous échangeons encore un long moment sur cette expérience en buvant un jus d'oranges pressées qu'Alex avait pris la peine de préparer avant de partir. Elle m'explique plein de choses grâce à des dessins dans la terre avec un bâton sur la création de nos croyances, de nos peurs. C'est super intéressant et plein de sens. Tout cela me permet de mettre de l'ordre dans ce que je pense ou ressens depuis tant d'années et me donne une vision un peu plus spirituelle du monde. Avoir vu tant de psys pour trouver des réponses sous un arbre en haut d'une petite montagne au milieu des cigales, c'est étrange. Même si je sais que tout le travail fait avec eux n'est pas inutile, mais me permet aujourd'hui de trouver ce nouveau chemin…

Sur le retour, je lui raconte mon rêve étrange et elle me parle des sorties de corps, des voyages astraux. Si l'expérience se reproduit, je dois me faire confiance et m'éloigner selon mes ressentis. Cela peut demander des années pour que cela se reproduise ou que j'aille beaucoup plus loin. Elle me dit que lorsque cela arrivera, je découvrirai un monde extraordinaire et que la rencontre avec mon âme jumelle décuplera mes capacités. Je l'interroge sur cette histoire d'âme jumelle, et tandis qu'elle m'explique des choses improbables pour moi il y a quelques jours seulement, moi, la cartésienne, je ne perds pas une miette de son discours.

Lorsque nous sommes de retour au camping, je n'ai aucune idée du temps que nous avons passé ensemble. Il s'est comme arrêté. Je suis épuisée, mais c'est une bonne fatigue, je me sens super bien. Nous resterons une nuit de plus ici, je ne me sens pas le courage de bouger aujourd'hui… J'ai besoin de digérer cette séance, de m'en imprégner et d'accueillir toutes ces émotions.

Les enfants sont en train de déjeuner lorsque je reviens. Ils m'ont gentiment préparé une assiette au cas où. J'essaie de ne pas pleurer parce que cela me touche, mais je sens bien que là, je pleurerais pour tout et n'importe quoi… Ils sont un peu déçus de ne pas bouger de l'après-midi et ont peur de s'ennuyer.

— Vous n'avez qu'à aller à la piscine du camping.

— Mais maman ! On a fait le tour avec Sam et il n'y a pas de piscine !

— Si, elle est juste excentrée du camping. Il faut prendre un petit chemin et descendre un peu plus bas... C'est la même distance que l'Ardèche de notre précédent emplacement, entre 500 et 600 mètres.

— Et tu nous dis ça seulement maintenant ?

Je réalise que je ne savais pas qu'il y avait une piscine. Lors de notre arrivée, on nous a conduits d'abord à notre emplacement et je suis allée ensuite seule à l'accueil pour faire les formalités. Je n'ai pas pensé à regarder ou à poser la question et ils ne m'en ont pas parlé. C'est dans mon rêve que j'ai vu la piscine et le chemin... Ça me laisse sans voix...

Je passe le reste de la journée à me reposer. Il me prend une envie d'écrire. J'ai des vers qui arrivent dans ma tête et je ne peux m'empêcher de les poser sur un cahier. Ce sont des poèmes d'amour. Je ne sais pas d'où ça vient ni à qui surtout cela s'adresse, mais c'est beau, je trouve. J'ai toujours eu envie d'écrire, mais je ne me suis jamais sentie légitime de le faire. Je n'ai pas fait d'études littéraires et je me suis toujours freinée en me disant que ce que j'avais à raconter ne devait certainement intéresser personne. Après les poèmes, je mets en route un cahier de bord où je reprends les grandes lignes notre voyage depuis le début. Je prends soin de laisser à chaque étape des espaces libres pour que les enfants puissent ajouter des notes, des anecdotes, des ressentis... En revenant de la piscine où ils ont retrouvé les jeunes de la veille, ils trouvent l'idée géniale. Ma fille y colle quelques croquis et dessins faits à chaque étape et Sam, lui, fixe les plumes qui correspondent à chaque écrit et dessine les symboliques comme sur le portail d'Arthur et Jeanne ou sur la bouteille de vin d'hier soir. Elles ont toutes des formes et des couleurs différentes et il se rappelle de façon très précise à quelle plume correspond quel passage de nos aventures.

Je retrouve le groupe sur l'observatoire à étoiles, une fois les enfants couchés, épuisés de leur après-midi. Je leur annonce que nous reprenons la route le lendemain matin et leur dis à quel point ce fut un bonheur de les rencontrer. Nous discutons un petit moment, mais je sens la fatigue me gagner. Nous avons déjà échangé nos coordonnées la veille et je me contente de prendre chacun d'entre eux dans mes bras pour dire au revoir. Isabelle me glisse à l'oreille : « Tu verras, ton cœur le reconnaîtra tout de suite ! Et c'est pour très bientôt ! » Cela me fait sourire, je ne pense pas à rencontrer quelqu'un et encore moins à reconstruire quelque chose, même si la solitude est parfois pesante. Mais je dis « chuuuut » à mon mental et me laisse porter par un : « Arrivera ce qui doit arriver. »

Ce soir-là, je ne m'endors pas, je m'effondre... Je suis fatiguée par toutes ces émotions. Je ne rêve pas de mon corps qui sort de mon corps, mais d'un homme qui marche vers moi au milieu d'un troupeau dont je ne distingue pas l'espèce. Je ne vois pas nettement son visage, l'image est floue, juste sa carrure et des cheveux légèrement grisonnants. Mon cœur bat hyper fort et cela me réveille. Au matin, alors que je m'étire, je me dis que c'est peut-être mon inconscient qui a traduit toutes les informations d'Isabelle, puis que c'est mon mental qui me fait penser ça, et enfin, que mon cerveau va finir par me rendre complètement folle. Je choisis de zapper toutes ces pensées et de savourer cette journée qui va nous mener vers je ne sais où...

11

« Une vraie rencontre, une rencontre décisive, c'est quelque chose qui ressemble au destin. »

Tahar Ben Jelloun

Comme chaque fois que nous faisons des rencontres exceptionnelles, il est difficile de quitter les gens, mais nous avons une mission : trouver l'endroit où nous avons envie de nous installer. Nous avons eu quelques coups de cœur sur le trajet, mais pas de projections réelles. Je ne sais pas si on peut avoir un coup de foudre pour un lieu, mais je pressens que oui. Si cela ne se produisait pas, nous avons encore du temps devant nous pour retourner sur les sites qui nous ont plu et les explorer un peu plus. Pour le moment, nous roulons vers l'est tout en veillant à ne pas nous approcher trop près de la côte qui, à cette période de l'année, doit être saturée de vacanciers… Nous traversons un village du nom de Montfroc, ce qui fait rire les enfants et occasionne une pause photo devant le panneau du village avec quelques pancartes du genre : « Youpi ! Je rentre encore dans Montfroc ! » On débat aussi sur le nom des gens qui habitent ici et leur imagination est assez fertile. Ils se demandent si le village de Montcuq que nous avons traversé dans le Lot est jumelé avec Montfroc.

Nous nous enfonçons ensuite dans les Alpes-de-Haute-Provence. Je suis venue ici petite avec mes parents et je reconnais certains endroits que j'ai vus sur de vieilles photos. Quelques lointains souvenirs me reviennent d'un seul coup, dont une glace au chocolat achetée dans une boulangerie que je reconnais et qui n'a pas changé d'un iota ! Je me souviens de très peu de choses de ces vacances, mais là, je la reconnais, car ma sœur avait fait un malaise en sortant de la boutique. Mes parents l'avaient allongée derrière la voiture, levé ses jambes en les posant sur le coffre, mis sa tête sur le côté et donné des morceaux de sucre remplis d'alcool de menthe. L'odeur me revient avec le souvenir et je réalise que c'est de là que me viennent mes quelques connaissances sur la gestion des malaises. Je me souviens également pourquoi je boudais sur la photo prise juste après devant la vieille église romaine… J'avais proposé un bout de ma glace à ma sœur lorsqu'elle s'était réveillée, par empathie, envie de lui faire plaisir après cet épisode désagréable, et cela l'avait fait vomir, ce qui m'avait valu une engueulade. Lorsque l'on regardait les albums photos avec mes parents, ils me disaient toujours : « Tu vois, tu avais de la chance de pouvoir partir en vacances, tu avais de la chance d'avoir une glace, et tu boudais quand même ! Tu as toujours été une éternelle insatisfaite ! » Et comme je ne me souvenais pas des circonstances de cette photo, j'avais fini par me convaincre qu'effectivement, je n'étais jamais contente de ce que j'avais et ne plus savourer le moment présent. Je n'en veux pas à mes parents et j'ai probablement commis les mêmes erreurs avec mes enfants, mais je leur raconte cette anecdote pour leur montrer le mécanisme et planter quelques graines libératrices dans leur esprit…

Nous traversons un autre village médiéval où, petite, j'ai été prise en photo devant la porte de la cité. Entrevaux est un village d'un autre temps et je ressens le besoin de lui consacrer une journée. Peut-être des souvenirs heureux de mon enfance ? Je ne sais pas, mais même si nous n'avons pas beaucoup roulé, je choisis d'y faire une escale et nous sortons des sentiers battus pour trouver un endroit où nous installer. Nous empruntons une route sinueuse et nous savourons la végétation, les parfums, le chant des cigales… J'ai déjà apprécié ce type de paysages que nous avons traversés au cours de notre périple, mais là, il y a un petit quelque chose en plus d'inexplicable. Je me sens bien et je parviens même à me projeter habitant ici, descendant au village de temps en temps faire quelques courses. Zoé et Sam sont spontanément moins enthousiastes, mais pas opposés. La route se rétrécit et se transforme en chemin. En parlant, j'ai probablement raté un panneau indiquant une propriété privée ou un cul-de-sac. Je continue d'avancer doucement en espérant trouver un endroit où pouvoir faire demi-tour. Le chemin semble ne jamais se terminer, mais la forêt qui l'entoure est magnifique. Il y a quelques clairières avec des moutons en pâture, mais les accès sont trop étroits ou en mauvais état pour envisager une quelconque manœuvre avec la voiture. Nous arrivons enfin devant l'entrée d'une vieille bâtisse en pierre devant laquelle un demi-tour est largement possible, mais à peine ai-je commencé que la voiture s'arrête. Je tente plusieurs fois de la redémarrer, mais rien n'y fait. Il n'y a aucun voyant d'allumé et il y a du carburant… C'est à peu près tout ce que mes connaissances en mécanique me permettent d'analyser ! Impossible de pousser la voiture qui est en pente : si je recule, je me prends un arbre, et dans l'autre sens, la pente est trop raide. Aucun de nous n'a de réseau sur son téléphone pour appeler une dépanneuse. Personne ne panique… nous parvenons même à rire de la situation ! J'ouvre le capot de la voiture, genre je m'y connais un peu, mais en observant toute cette motorisation, je réalise que même si un truc énorme était cassé, je ne le verrais pas ! Je le laisse ouvert pensant naïvement que l'aération pourrait être une solution !

Au portail, il y a une énorme cloche assez ancienne. Je l'active plusieurs fois en espérant que ce vieux mas soit habité. Il semble être entretenu. Si l'aspect est ancien, les persiennes en bois ont été repeintes récemment d'un doux vert olive et les espaces extérieurs ne semblent pas à l'abandon. La demeure est pleine de charme, mais désespérément vide. Les enfants ne semblent pas inquiets et font courir les chiens en liberté qui, comme à leur habitude, tournent en rond. Je ne stresse pas non plus… nous avons de quoi boire, manger, dormir. Il ne me reste plus qu'à descendre à pied jusqu'à ce que mon réseau revienne. Je demande aux enfants s'ils préfèrent m'attendre ici ou venir avec moi, et sans surprise, ils choisissent de m'accompagner. Je me dirige vers la voiture pour préparer un sac avec de l'eau et des fruits, mais mon cœur se met à battre très fort. Ça m'inquiète… Ce n'est pas le moment de tachycarder, on ne peut pas prévenir les secours. Au même moment, les chiens se précipitent dans la voiture en courant et en aboyant, comme s'ils avaient vu un monstre. Je me retourne et, loin sur le chemin, je vois mon rêve ! Un homme entouré de brebis monte tranquillement sur le chemin. Je ne distingue pas encore son visage, mais il a les cheveux grisonnants. C'est exactement la même image que j'ai vue la nuit précédente. J'ai l'impression que mon cœur va sortir de ma cage thoracique, ma respiration est bloquée et j'ai besoin de m'asseoir, car concrètement, comme dans l'expression populaire, mes jambes sont coupées ! Je me pose à même le sol, sonnée, la bouche grande ouverte ! Une des phrases d'Isabelle me revient : « Rien n'arrive vraiment par hasard, même les mauvaises choses ! » Effectivement, si la voiture n'était pas tombée en panne, je n'aurais pas vécu cette scène irréaliste ! Plus il se rapproche et plus mon cœur s'accélère alors que je le pensais déjà au taquet.

— Sam, va chercher le monsieur, s'il te plaît, maman est toute blanche ! Ça va, maman ?

— …

Aucun son ne sort de ma bouche ! J'ai envie de dire que tout va bien, de ne pas s'inquiéter, mais je ne contrôle plus mes cordes vocales.

L'homme sent qu'il se passe quelque chose, car il se met à courir. Son visage prend forme et il est plutôt bel homme avec sa barbe de 3 jours, le teint mat et torse nu sous une salopette de travail bleu foncé. Il s'agenouille devant moi et s'adresse à moi avec un magnifique sourire :

— Vous allez bien ? Je vous ai vue presque tomber... Vous vous sentez comment ?

En même temps qu'il me parle, sa main se pose sur mon poignet et il me prend le pouls. Je le regarde sûrement de façon très interrogative, car il s'empresse d'ajouter :

— Ne vous inquiétez pas, je suis médecin !

Je veux lui répondre, mais il y a tellement d'émotions en moi qui arrivent de je ne sais où que seuls des mots avec un timbre de voix extra-terrestre sortent de ma bouche ! Je suis passée en forfait voyelles avec la voix de Garcimore.

— A va ! erci...

Je ferme les yeux, respire à fond pour essayer de calmer mon corps et en reprendre le contrôle. Mon mental est de retour : « Ben voilà ce qui arrive quand on est trop irrationnelle et que l'on gobe n'importe quoi ! » « Oui, mais enfin, quand même ! Le rêve n'est pas une histoire que l'on m'a racontée » « L'urgence, c'est de retrouver tes esprits ! »

Lorsque j'ouvre les yeux, l'espace est envahi par ses brebis, les chiens aboient et les enfants se positionnent derrière cet homme, ouvrent grand les yeux de surprise, puis me font des signes de la main, le pouce en l'air, pour me dire que c'est super ! La scène semble complètement saugrenue ! Je retrouve suffisamment de calme pour m'exprimer un peu, même si la tonalité est toujours aussi brouillonne que mon vocabulaire :

— Je suis désolée... Je vous ai vu et... on est en panne... mais ça va.

Il me sourit avec tendresse.

— Je vois bien que ça a l'air d'aller ! Je ne connais pas votre carnation habituelle, mais là, vous êtes bien pâle. Et vous êtes toute frissonnante. Je rentre les brebis et je vous accompagne à la maison. Je vais prendre votre tension. Vous me raconterez vos mésaventures et on essaiera de trouver des solutions. Ça vous va ?

— Veux pas déranger… vraiment… ça va aller… promis.

— N'essayez pas de vous relever. Les enfants, empêchez-la de bouger, je reviens tout de suite !

Il se lève, se retourne, et là, dans ses cheveux, une magnifique plume blanche.

12

« Quand une lumière rencontre une autre lumière, on entend monter un chant de prophète. »

Eugène Guillevic

Je prends d'abord conscience que je suis allongée sur quelque chose de moelleux, puis que quelque chose me serre le bras. Ensuite, des voix, mais dont je ne comprends pas les paroles. J'ai du mal à ouvrir les yeux, mais lorsqu'enfin j'y parviens, il y a mes enfants assis d'un côté du lit et cet homme de l'autre côté qui prend ma tension. Il me sourit :

— Ça y est, vous êtes de nouveau parmi nous ! Vous nous avez fait une belle frayeur !

Je ne me souviens de rien, je me demande où je suis… Je sens juste mon cœur qui recommence à s'emballer dès que je le reconnais.

— Que s'est-il passé ?

Mes cordes vocales n'ont visiblement pas terminé leur caprice. Je chuchote.

— Vous vous êtes évanouie lorsque je me suis levé. Je vous ai portée jusqu'à chez moi pour prendre soin de vous. Votre tension est très faible et surtout irrégulière. Vous êtes à 8/4 depuis tout à l'heure, mais vous venez de passer d'un coup à 10/8 en vous réveillant. Vous avez des soucis de santé ? Un traitement particulier ?

Je le regarde observer ses appareils avec un air sérieux, je le trouve beau… Je souris et fais non de la tête.

— Je me sens déjà mieux, ne vous inquiétez pas…

Je tente de me lever. J'ai le vertige et me contente de rester assise au bord du lit.

— Mais vous avez l'intention d'aller où dans cet état... ? C'est quoi votre prénom ?
— Lily.
— Enchanté, Lily, moi, c'est Raphaël ! Alors, Lily, que croyez-vous pouvoir faire, hum ?

Son sourcil levé et son œil interrogateur, son regard me questionne avec tendresse.

— Si vous nous autorisez à dormir cette nuit devant votre propriété, les enfants vont installer la tente et je vais me reposer un peu. C'est très gentil à vous d'avoir déjà fait tout ça, je vous remercie.

— Vous croyez sérieusement ce que vous dites ? La maison est grande, vous êtes mes invités pour la nuit, comme ça, je peux garder un œil sur vous. Si vous ne le faites pas pour vous, faites-le pour moi... Je ne pourrai pas bien dormir, sinon.

— Mais les chiens...

Je n'ai pas le temps de finir ma phrase qu'il appelle :
— Bob ? Gotcha ?

Et je les vois tous les deux rentrer dans la pièce en remuant la queue et venir vers lui.

— J'ai un truc spécial avec les animaux. Ils doivent sentir que je les aime bien... Vos chiens grognent parce qu'ils ont peur, mais quand on leur laisse le temps de venir à nous, ils sont adorables. D'autres « mais » ? questionne-t-il avec un grand sourire.

— Heuuuu... laissez-moi 5 minutes, je vais certainement en trouver.

Il rigole.

— Bon, maintenant que nous ne sommes plus pressés, racontez-moi ce qui est arrivé à votre voiture.

— C'est assez simple. Tout allait bien, aucun voyant d'allumé, tous les niveaux à jour, aucun signe annonciateur de quoi que ce soit, et juste devant chez vous, plus rien !

Impossible de la redémarrer... Pourtant, la batterie semble fonctionner. Je n'y connais rien, en même temps !

Il me regarde étrangement, puis se ressaisit sans que je comprenne pourquoi.

— Et votre capot ouvert, c'était pour faire quoi ?

— Aucune idée ! J'ai vu ça dans les films...

Nous rigolons tous les deux. Son rire est franc, chaleureux, communicatif...

— J'ai un ami qui s'y connaît en mécanique. Je vais lui demander s'il peut passer demain jeter un œil. Le garagiste du village prend un peu les touristes pour des Américains pendant la haute saison. Et en plus, demain, c'est dimanche, il va vous assassiner doublement !

C'est étrange, c'est la première fois depuis notre départ que je sais quel jour de la semaine nous sommes.

— C'est gentil, merci beaucoup... Vu ma tension, ça m'embêterait de devoir vendre un rein maintenant.

— Ah ! ah ! ah ! J'aime bien votre sens de l'humour. Je vous laisse vous reposer un instant et je pars préparer à dîner avec les enfants. Ce sera repas végétarien, j'espère que cela vous convient.

— C'est super, nous sommes végétariens aussi. Mais je vais me lever et venir vous aider...

Je joins le geste à la parole et réussis à me mettre debout. Il me prend par la taille et ce contact me fait à nouveau bondir le cœur dans tous les sens. Je respire profondément pour essayer de garder le contrôle. Il me guide à travers un long couloir jusqu'à une grande cuisine. Elle est magnifique. À la fois moderne par ses équipements et le métal assez présent, mais aussi authentique par son mobilier en bois brut et ses objets anciens détournés. Tout un mur est ouvert sur un immense salon séparé par quelques marches en vieilles pierres. Les couleurs sont chaleureuses avec deux grands canapés couverts de plaids et de coussins devant une immense cheminée.

— Waouh ! C'est super beau… J'adore !

— Merci. Content que cela vous plaise. Tenez, asseyez-vous là, me dit-il gentiment en me tendant une chaise. Vous êtes mes premiers invités. Je suis arrivé ici il y a deux ans et depuis, je retape cette vieille bâtisse avec l'idée de pouvoir accueillir des gens en difficulté. Mais entre la rénovation et les brebis, j'avance doucement.

— Vous êtes tout seul pour faire tout cela ?

— Oui ! Il y a deux ans, j'ai tout quitté… mon job, ma femme, mes amis pour venir m'installer ici. Et depuis, je ne vois pas les jours passer. Ma vie a réellement commencé à avoir du sens ici.

— Je comprends tellement, si vous saviez ! C'est un bien bel endroit et une magnifique région pour un reset.

— Eh bien, c'est la première fois que j'entends ce type de discours. D'habitude, je passe plutôt pour un illuminé. Vous vous rendez compte ? Un médecin qui avait tout pour réussir et qui termine berger ?

Il se tourne pour s'adresser aux enfants :

— Vous souhaitez regarder un film ? Il n'y a pas de télé ici, mais j'ai un rétroprojecteur avec des centaines de films disponibles, si vous voulez.

Évidemment, ils sont ravis et le suivent jusqu'au salon. Je l'entends leur expliquer le fonctionnement du matériel avec une voix grave, mais douce et respectueuse. Je veux tout savoir de lui, mais avec cette étrange impression de le connaître déjà. Lorsqu'il revient, il me propose un cocktail de fruits frais. Il pose tout un tas de fruits et de légumes sur la table. Certains sont un peu abîmés, mais tous sentent merveilleusement bon.

— Ils sont moches, mais délicieux, vous allez voir. Ils viennent tous de mon verger et de ce que j'ose appeler un potager. Alors, dites-moi… qu'est-ce qui vous amène dans cette belle région ?

Tandis que nous épluchons et coupons tout ce qu'il y a sur la table, je lui fais un rapide résumé de notre aventure. Cette envie de road trip, cette révélation au cours du voyage sur la nécessité vitale de changer de vie, cette quête de l'endroit idéal, cette envie d'une ferme en permaculture avec une dimension sociale pour moi aussi aider des personnes en difficulté, ce besoin de donner un sens à mes activités… Je m'efforce de faire court, mais j'ai du mal à contenir l'enthousiasme qui me traverse lorsque je parle de ce voyage et de ce cheminement intérieur.

Il me regarde avec surprise et émotion. Je crois qu'il a compris même ce que je n'ai pas dit. Encore une étrange sensation.

— Je comprends mieux votre « Je comprends tellement, si vous saviez » de tout à l'heure… Quels types de personnes en difficulté souhaiteriez-vous aider ? Vous avez déjà une idée, je suppose ?

Je parle fort pour couvrir le bruit de son mixeur dans lequel il a mis de la glace pilée et tous les fruits : oranges, pêches, brugnons, melon, kiwis tournent dans le bol presque aussi vite que mon cœur quand nos regards se croisent.

— J'ai envie d'aider ceux qui ne parviennent pas à s'adapter au système soit parce qu'ils n'y parviennent pas ou plus, soit parce qu'ils ne le comprennent pas. Et vous ?

En entendant ma réponse, il s'arrête de servir le breuvage dans les verres. Il y a de l'étonnement dans son regard :

— Moi aussi, c'est à cela que j'aspire. Je vous expliquerai peut-être un jour pourquoi, mais j'ai très envie de venir en aide aux réfugiés.

On se regarde en silence, puis il se remet au service. Il va chercher une bouteille de rhum et en ajoute dans deux verres en précisant :

— Ce n'est pas pour vous saouler, c'est juste pour vous redonner un petit coup de fouet. Vous pouvez marcher jusqu'à la terrasse ? Il fait doux encore, l'air frais vous fera du bien.

Je me lève, mais le vertige revient. Il me prend à nouveau par la taille et m'accompagne à l'extérieur. Sous une tonnelle en fer forgé sur laquelle courent plusieurs pieds de raisin, il me guide jusqu'à un transat, puis rentre chercher les boissons. Je l'entends proposer un verre aux enfants en passant. À son retour, il propose de trinquer à l'heureux hasard avec un grand sourire.

— J'ai vu que vous veniez de Loire-Atlantique. Vous êtes d'où exactement ? Parce que je connais bien cette région.

— Actuellement, je suis sur Nantes même, mais j'ai également habité à Fay-de-Bretagne et au Cellier. Vous avez habité là-bas ?

— Moi non, mais ma sœur oui. Elle habite au Cellier justement, c'est amusant ! Elle y est institutrice et je connais bien, car je vais la voir de temps en temps. Si ça se trouve, on s'est déjà croisés ! Je suis même certain que c'est le cas parce que votre visage m'est familier.

— C'est fou que vous disiez ça, j'ai cette même impression.

Nous creusons les dates pour savoir s'il est possible que nous nous soyons croisés à ce moment-là, mais ça ne colle pas. Sa sœur est arrivée juste après notre déménagement. Nous réalisons également que nous sommes nés au même endroit et avons grandi dans la même ville, à Bezons, dans le Val-d'Oise. Nous avons fréquenté les mêmes écoles, avons eu les mêmes profs, avons pris les mêmes transports en commun pour aller au lycée, mais à un an d'intervalle. Il a ensuite ouvert son cabinet médical au Vésinet dans les Yvelines alors que je travaillais juste à côté, à Saint-Germain-en-Laye, et que je passais tous les jours, deux fois par jour, devant chez lui. Nous avons visité les mêmes pays, sommes partis en vacances aux mêmes endroits, mais toujours avec quelques semaines d'écart ou quelques kilomètres de distance. Au début, nous en rigolions…

— Mais il faut arrêter de me suivre comme ça, Raphaël, lui dis-je en plaisantant.

— Mais maintenant, c'est vous qui me suivez… Chacun son tour ! me répond-il avec un clin d'œil complice.

Mais plus nous avançons dans ces coïncidences, plus nous sommes troublés. Dès que l'un ouvre la bouche, c'est pour entendre l'autre s'écrier : « Ce n'est pas vrai ?! » Et l'on sait ce que cela signifie…

— C'est hallucinant tout ça, je trouve. Je ne me suis pas trompé en trinquant à l'heureux hasard !

Je repense à cette histoire d'âme jumelle, cette âme réincarnée dans deux corps différents qui se cherchent toute leur vie. Je n'ai retenu que ça des explications, mais elles me reviennent avec force à cet instant précis. Un frisson me parcourt le dos, comme une confirmation. Mais je ne sais pas s'il est ouvert à ce genre de sujets et je préfère lui taire tout cela. Peut-être plus tard… En me voyant frissonner, il me propose de rentrer au chaud le temps que le gratin de légumes cuise et qu'il prenne une douche. Je demande si je peux en prendre une également et il m'accompagne jusqu'à ma chambre avec une salle de bains privative en me tenant par la taille alors que je vais bien. Mais je me tais… J'aime bien.

Nous dînons dans la cuisine. Le repas est délicieux, tout comme l'ambiance. Les échanges avec les enfants sont naturels, simples et drôles. Raphaël porte un jean et un T-shirt tout simple, mais cela lui va super bien. J'adore son parfum. J'ai opté pour une petite robe courte à fleurs sans manches simple mais élégante, juste avec des créoles aux oreilles, et les enfants n'ont pu retenir un sourire complice en me voyant arriver dans cette tenue, moi qui traîne en short ou en jean et débardeur depuis notre départ. Tout le monde participe à la vaisselle et au rangement, tout en rigolant et en chahutant gentiment. Nous allons prendre une infusion sur la terrasse et il a la délicate attention de m'apporter un plaid, car les soirées peuvent être fraîches. Nous discutons encore un long moment dehors, nous avons tellement de choses en commun, c'est impressionnant.

— Je vous remercie, Lily, pour ces moments. Cela fait longtemps que je n'avais pas passé une aussi bonne soirée. C'est la première fois que je reçois ici d'ailleurs, et je suis heureux que cela soit vous.

— Vous plaisantez, c'est moi qui vous remercie pour tout ! Vous aviez probablement prévu un truc plus tranquille qu'une nana avec deux enfants, deux chiens et une voiture en panne, qui vienne s'évanouir devant votre porte !

Il rigole tout en faisant de grands « non » de la tête :

— Je n'aurais pas voulu une autre soirée, croyez-moi ! Pour la nuit, je vais vous laisser mon numéro de téléphone. Comme ça, si vous ne vous sentez pas bien, vous pouvez m'appeler.

— Inutile, mon téléphone ne capte pas ici. C'est pour cela que je n'ai pas appelé de dépanneuse tout à l'heure. Quand vous êtes arrivé, nous nous préparions à partir en quête de réseau.

— Vous êtes sûre ? Tout le monde capte ici habituellement…

J'allume mon téléphone en le tournant vers lui pour lui montrer que non, mais à ma grande surprise, il a raison. Peut-être est-ce juste devant son portail que se trouve le triangle des Bermudes des opérateurs de téléphonie. Il sent ma surprise et me rassure :

— Je vous raconterai demain comment j'ai atterri ici et vous verrez que nous avons encore quelques points en commun.

Il installe d'abord un grand tapis dans la cuisine que Bob et Gotcha s'approprient directement, puis montre à chaque enfant sa chambre. Elles sont grandes, cosy et aussi joliment décorées que la mienne, avec du parquet au sol, du beau linge de maison couleur lin et gris, avec quelques petites touches de décorations colorées ici et là. C'est sobre, mais élégant. Il me raccompagne à ma porte et ni lui ni moi ne savons trop comment nous dire au revoir. Ce sera un grand sourire avec juste un « bonne nuit, à demain ». À peine suis-je sur le lit qu'il frappe à ma porte. Je suis nue, car il fait chaud, et je me précipite sous le drap avant de l'autoriser à rentrer. Il me montre le tensiomètre :

— Je ne dormirai pas bien sans ce dernier contrôle, me dit-il en souriant.

Sans un mot, je lui tends le bras et il vient s'asseoir au bord du lit. Je le laisse se concentrer et il rompt le silence en annonçant :

— Toujours 8/4. Demain, interdiction de vous lever avant 10 h. Il faut vous reposer... Comment vous sentez vous ?

— Vous êtes sûr du chiffre ? Parce que je me sens plutôt bien comparativement à tout à l'heure avec la même tension.

— Bon, dans ce cas, demain matin, petit-déjeuner au rhum pour Madame !

Nous rigolons et il se penche vers moi pour me faire la bise et me dire au revoir. Je sens que mon cœur s'accélère ainsi que ma respiration. Il doit sentir quelque chose, car il veut reprendre ma tension.

— 10/8. Je ne comprends rien... Je n'ai pas pratiqué depuis deux ans, mais quand même !

Il ne dit rien de plus, mais son regard est intense. Je pense qu'il a compris à cet instant que c'est lui qui déclenche ce capharnaüm dans mon corps. Il me glisse un dernier regard et un sourire avant de quitter la pièce. Je souffle un grand coup et pour ne pas laisser le temps à mon mental de débarquer avec fracas, je choisis de mettre un casque et d'écouter un peu de musique. Je sais que je vais avoir du mal à trouver le sommeil. La soirée s'est déroulée super vite, je trouve, et là, il me manque alors que nous nous connaissons à peine et qu'il vient juste de me quitter. J'ai très envie de lui envoyer un message, ce qui active mon mental : « Non, mais n'importe quoi ! Il va te prendre pour une folle ou une hystérique si tu fais ça ! Est-ce qu'il t'en envoie, lui, des messages ? » « Juste un merci, ça se fait juste un merci ? » « Tu lui as déjà dit tout à l'heure, ça va devenir gênant. » Et puis zut, mon cerveau ! Je m'en tiens à ce que mon cœur m'a dicté en premier ! Je prends peu de risques, après tout !

Il me faut un certain temps pour trouver la formulation satisfaisante. « Encore un immense merci, Raphaël, pour ton accueil chaleureux. Je te souhaite une très belle nuit et de doux rêves. À demain. »

J'envoie et immédiatement je soupire un grand miiiiince ! Je réalise que je l'ai tutoyé, quelle andouille ! Mais au même moment, je reçois un message de sa part. « Encore un immense merci, Lily, pour cette belle soirée et tous ces rires dans la maison. Repose-toi bien. Je te souhaite une très belle nuit pleine de jolis rêves. À demain. »

Au moment précis où je lui envoie un smiley qui rigole, je reçois le même de sa part. Je lui en envoie un qui marque l'étonnement, et simultanément, il m'adresse la même chose. Pile lorsque je lui envoie « Je n'ose plus t'écrire, ça sert à rien » avec des smileys morts de rire, je reçois « C'est dingue ce truc ! On ne va plus oser s'écrire, c'est inutile » avec les mêmes dessins. Je décide de l'appeler pour en rigoler avec lui, mais je tombe directement sur son répondeur. Je comprends qu'il essaie de faire la même chose et raccroche immédiatement. Mon téléphone se met effectivement à sonner et quand je décroche, j'entends son joli rire. Nous plaisantons un peu, puis d'une voix douce mais sérieuse, il me demande :

— Mais qui es-tu, belle et douce Lily ?

Des larmes me montent aux yeux… Je ne sais pas quoi répondre. Mon cerveau bug. Mon mental me propose un « je suis ton pèèèère » façon Dark Vador qui me fait sourire, mais c'est une autre réponse qui sort spontanément :

— Peut-être qu'un jour je te le dirai… On devrait essayer de faire dodo, même si je sens que ça ne va pas être facile.

Nous échangeons encore quelques paroles et finissons par raccrocher. Je reste un long moment immobile sur le lit avec le cerveau toujours hors service et un sourire figé sur le visage avant de m'endormir. Je suis réveillée plusieurs fois par d'étranges rêves dans lesquels se trouve Raphaël. Dans le premier, je suis dans un temple en Égypte avec Raphaël qui semble être pharaon et moi sa femme. Nous sommes très amoureux et heureux. Il est généreux, juste et œuvre dans l'intérêt de son peuple. Nous mourrons assez jeunes, tués tous les deux ensemble par son frère. Dans le second, nous vivons dans une vieille maison en pierre au pied de montagnes au bord d'un ruisseau. Nous sommes pauvres, sales et accueillons plein d'enfants qui ne sont pas les nôtres. Ils sont tous orphelins en raison d'une grande épidémie que notre isolement épargne. Nous avons des chèvres qui nous permettent de nourrir maigrement ce petit monde. Nous travaillons dur, mais nous sommes là aussi très amoureux et heureux, mais finissons également contaminés. Dans le troisième et dernier rêve que je situe au Moyen Âge, nous vivons dans une cabane au cœur de la forêt. Nous cueillons des plantes, des baies, des racines et nous préparons des potions que des gens viennent chercher contre de la nourriture. Elles contiennent toutes des vertus médicinales. Nous faisons quelques incantations, mais pas de nature religieuse. C'est pour remercier la nature, la terre et l'invisible. Là aussi, nous sommes très complices et heureux. Nous finissons tous les deux sur un bûcher. Je me réveille pour la troisième fois en sursaut et en sueur... Il est 10 h, j'ai enfin le droit de me lever.

13

« *Je t'aime un peu plus de tout le temps qui s'est écoulé depuis ce matin.* »

Victor Hugo

Ces rêves me laissent un goût étrange dans la bouche. Est-ce le fruit de mon imagination ? Si ce sont nos vies antérieures, elles se sont finies en jus de boudin à chaque fois, même s'il y avait beaucoup d'amour et de complicité. J'enfile une robe et vais dire bonjour aux enfants, mais les deux chambres sont vides. Je vais dans la cuisine, mais il n'y a personne, même pas les chiens.

Je trouve un petit mot sur la table, avec une fleur posée dessus : « Je descends les brebis au champ avec Zoé, Sam et les toutous. Le petit-déjeuner t'attend sur la terrasse. Il faut juste te servir en boisson. Il y a du café chaud dans le thermos et du jus d'oranges pressées ce matin par les enfants dans le frigo. J'espère que tu te sens mieux. À tout à l'heure. Raphaël »

C'est trop mignon… Je glisse la fleur dans mes cheveux, prends le thermos de café, mets mes lunettes de soleil et pars sur la terrasse. Un plateau m'attend avec bol, verre, sucre, une corbeille recouverte d'un torchon sous lequel je trouve croissants, brioches et pains au chocolat frais et un soliflore avec une autre fleur coupée dedans. Je ne sais pas si c'est une idée des enfants ou de Raphaël, mais ça me touche beaucoup.

Lorsque j'attaque mon deuxième croissant, j'entends une voiture se garer au portail, puis je vois un homme se diriger vers moi. Je me lève pour l'accueillir et il me serre la main.

— Raphaël m'a appelé ce matin. Il paraît que vous avez des soucis avec votre voiture…

— Ah oui ! Effectivement, il m'a parlé de vous. Merci beaucoup de venir aussi vite, c'est très gentil. Vous avez le temps de prendre un café ou vous préférez voir la voiture tout de suite ?

— Je veux bien un café, s'il vous plaît.

Je rentre lui chercher une tasse et lorsque je reviens, il s'assoit en face de moi.

— Alors, laissez-moi deviner.... Vous vous êtes perdue, vous êtes arrivée devant le portail et au moment de faire demi-tour, paf, plus rien ?

— Je vois que Raphaël vous a déjà tout expliqué.

— Pas du tout ! Il m'a juste dit qu'une femme était tombée en panne devant chez lui et m'a demandé si je pouvais passer voir ça dans la journée. Je vous racontais ça en plaisantant, car c'est comme ça que j'ai connu Raphaël il y a deux ans. Il lui est arrivé la même chose. C'est comme ça d'ailleurs qu'il a acheté cette maison qui appartenait à ma grand-mère. Elle était à l'abandon et dans un piteux état... Il a fait du bon boulot dessus !

— Et il vous a appelé ?

J'ai conscience que ma question pourrait lui paraître étrange, mais elle ne le surprend pas.

— Non, même pas ! Figurez-vous qu'il n'avait aucun réseau sur son téléphone. Il partait pour descendre le chemin pour trouver du réseau. Je montais mettre des panneaux à vendre sur le portail. C'est là que l'on s'est vus la première fois. J'ai réparé sa voiture et il a acheté la maison.

— Et elle avait quoi sa voiture, vous vous souvenez ?

Là encore, je sens que ma question peut lui sembler bizarre, mais je me dis que cela pourra peut-être m'éclairer sur la panne de la mienne, vu les similitudes de nos histoires.

— Rhoooo, ben je n'avais jamais vu ça de ma vie ! J'en ai réparé des milliers de voitures pourtant, et je suis plutôt bon, mais là, j'ai cherché pendant une semaine et je n'ai rien trouvé ! Il est resté vivre une semaine dans la maison le temps que je répare. Il hésitait, la trouvait un peu lourde à entretenir et rénover tout seul, même si elle correspondait parfaitement à ses projets. Et le jour où il m'a appelé pour me dire qu'il était OK, sa voiture s'est remise à fonctionner. Je n'ai jamais su pourquoi ni comment. Mais comme disait ma grand-mère : « Quand ça doit être, c'est », me dit-il en me montrant le ciel avec l'index.

— J'espère ne pas avoir à le déranger une semaine, le pauvre, lui réponds-je en plaisantant pour camoufler les questionnements qui me bombardent la tête.

Bob et Gotcha arrivent en courant. Ils grognent sur le monsieur, mais finissent par venir me dire bonjour avant de rentrer dans la cuisine. Ça y est, ils sont chez eux ! Ça me fait sourire. Arrivent ensuite Raphaël et les enfants. Je ne sais pas ce qu'ils se racontent, mais j'entends des rires.

Raphaël s'avance vers moi en premier pour me faire la bise et me demander comment je me sens avant d'aller saluer son ami Rémi. Les enfants me font ensuite un câlin et me racontent en parlant en même temps leur virée avec les brebis. Ils ont adoré et ont appris plein de choses. Tandis que les enfants me parlent, je ne vois pas Raphaël rentrer dans la maison et revenir avec son tensiomètre. C'est sa main sur mon bras et le voir assis à côté de moi avec un sourire tendre qui me fait tourner la tête.

— 9/5. C'est mieux, mais ce n'est pas encore satisfaisant ! Tu ne repars pas tant que ta tension n'est pas bonne, tu le sais ça ?

Je n'ai pas le temps de répondre, car Rémi rajoute :

— De toute façon, si sa voiture fait comme la tienne, elle n'est pas prête de repartir ! Ah ah ah !

Je regarde Raphaël avec une petite mimique :

— Il m'a dit comment tu t'étais retrouvé là et cela ne m'a même pas surprise !

— C'est ce que je voulais te raconter… Tu as vu ? C'est vraiment une histoire de fou ces ressemblances !

Nous accompagnons ensuite Rémi jusqu'à la voiture. Il tente en vain de la démarrer, ouvre le capot, tripote plein de choses sans grand succès. Il essaie également un démarrage avec des pinces, vérifie l'état de la batterie, des bougies, du démarreur… À première vue, rien d'anormal. Il propose de revenir le lendemain avec un plateau pour l'emmener à son atelier et faire d'autres tests avec des valises de diagnostics.

En remontant vers la maison, je lui fais une proposition :

— Puisque nous restons une nuit de plus, j'aimerais que tu acceptes une participation financière pour l'hébergement et la nourriture.

— Mais ce n'est absolument pas envisageable ! Vous êtes mes invités !

— Je me sentirais plus à l'aise si tu acceptes, ça serait plus juste.

— On verra. Pour le moment, je vais te faire faire le tour de la propriété, si tu te sens assez en forme.

Nous commençons par l'arrière de la maison qui abrite une immense bergerie jouxtant un laboratoire pour fabriquer des fromages. Juste à côté, un immense garage transformé en menuiserie. Il l'a installé pour restaurer de vieux meubles chinés ici et là pour aménager les chambres d'hôtes. Sur la droite de la maison, il y a une immense parcelle de terrain avec une multitude d'arbres fruitiers de toutes sortes. Il n'a pas trop eu le temps de s'en occuper pour le moment. À gauche de la maison, la parcelle est plus vaste avec une herbe séchée grossièrement taillée à la faux. Elle se termine par une étendue forestière au bord de laquelle se trouve le potager. Lorsque je lui demande pourquoi il l'a fait à cet endroit-là, loin des points d'eau et de la maison, il m'explique qu'il a choisi l'endroit où la terre était la moins dure sans réfléchir en amont. Je lui parle de permaculture, d'arboriculture, d'apiculture, des possibilités qu'offre son terrain, ainsi que des valeurs humaines et des vertus thérapeutiques qui se rattachent à cette façon de travailler la terre et qui auraient du sens pour les personnes en difficulté qu'il souhaite aider. Nous restons un long moment à discuter assis sur le mur de pierre qui délimite une partie de la propriété. Celle-ci s'étend sur plusieurs hectares de forêts et de champs. C'est pour en faciliter l'entretien qu'il a pris des brebis et qu'il envisage également de prendre quelques chèvres. Il ne s'est pas encore lancé dans la fabrication de fromages. Il vient juste de finir le laboratoire et laisse les petits sous leurs mères pour le moment. Il envisage de toute façon une exploitation raisonnée de ses animaux et ne veut pas les envoyer à l'abattoir. Une autre bergerie sur une parcelle en bas de la propriété héberge les mâles afin de gérer au mieux son cheptel.

Nous revenons sur la terrasse devant laquelle une grande étendue d'herbe est bordée de haies.

— Suis-moi, je vais te montrer mon petit jardin secret, me chuchote-t-il alors.

Nous longeons la haie qui est assez dense et il se faufile dans un tout petit espace. Je découvre alors une vue hallucinante sur la montagne d'en face sur laquelle est accroché en contrebas le village d'Entrevaux. Les couleurs sont magnifiques. Il a installé là un vieux kiosque avec deux transats et une petite table.

— On viendra ici ce soir ; tu verras, de nuit, c'est encore plus féérique. C'est cet endroit qui m'a décidé à me lancer dans cette aventure, il est magique.

J'ai du mal à quitter les lieux. Les yeux ont mille belles choses à regarder, bercés par le chant des oiseaux et des cigales. De retour à la maison, nous préparons tous les deux le déjeuner. Nous chahutons comme des mômes en cuisinant. La communication est fluide. Pendant le repas, il aborde l'épineux sujet de l'école avec les enfants. Zoé s'empresse de lui raconter son envie d'intégrer une école d'art et lui montre quelques-uns de ses dessins. Lui aussi fait un peu de peinture à ses heures perdues et lui promet de lui montrer son atelier à l'étage après manger. Il a retenu la phobie scolaire de Sam, vaguement évoquée la veille lorsque je lui ai expliqué l'objet de notre voyage, et il l'interroge avec finesse sur le sujet. Mon fils devient tout de suite un peu moins bavard et il évoque rapidement la possibilité de faire des stages pour découvrir des métiers. Raphaël lui propose alors de restaurer avec lui un vieux meuble ayant besoin d'amour qui traîne depuis trop longtemps dans sa menuiserie, histoire de découvrir en douceur l'univers du bois.

Lorsque nous avons terminé de tout ranger, il nous invite comme convenu à découvrir son atelier qui se trouve à l'opposé de l'aile que nous occupons. Un couloir parfaitement symétrique à celui qui dessert nos chambres part du salon. Il y a trois grandes chambres, une grande salle de bains et un escalier en pierre. À l'étage, nous arrivons dans une immense pièce baignée de lumière grâce au mur entièrement fait d'ouvertures offrant la même vue que celle du kiosque. C'est magnifique. Dans la pièce, il y a de nombreuses toiles, des chevalets et des étagères entières de livres, de pinceaux, de peintures. Zoé ne retient pas un petit cri aigu de plaisir en découvrant les lieux et l'assaille de questions. Il lui propose de s'installer là quand elle le souhaite et peut disposer à sa guise de l'ensemble du matériel. Nous poursuivons sans elle la visite de l'étage, trop occupée à faire l'inventaire de ce dont elle dispose. Nous rentrons ensuite dans sa chambre, qui est identique à l'atelier. Elle est immense, lumineuse et subtilement décorée. Le mur en pierre lui servant de tête de lit cache une salle de bains spacieuse. Je lui demande si cette superficie existe aussi à l'étage de l'autre aile et, effectivement, son aménagement fait partie des travaux qu'il lui reste à faire. Il me montre quelques photos de la maison lorsqu'il l'a achetée et la transformation est impressionnante. Elle était à l'abandon depuis un long moment déjà et seulement de ce qui est aujourd'hui la cuisine et le salon était habité et habitable.

Je ne peux pas m'arrêter de le féliciter sur la qualité et la quantité du travail fourni. Je crois qu'il est tellement plongé dans le travail depuis deux ans qu'il n'avait pas conscience de ce qu'il avait réalisé et que c'est mon enthousiasme débordant qui lui ouvre les yeux. Ça le touche, et en même temps, je sens une pointe de tristesse, et lorsque je le questionne, il me répond, ému :

— Je te remercie pour tous ces gentils mots, ça me touche. C'est vrai que je vois surtout ce qu'il reste à faire. Et ton regard me permet de mesurer effectivement ce qui a déjà été accompli. Mais…

— Mais quoi ?

— Rien, je réfléchis trop et trop vite. Cela a toujours été un problème majeur dans ma vie et source d'une solitude profonde.

— Je connais ça par cœur. C'est un travail de chaque instant pour moi que d'être dans le moment présent. C'est une lutte permanente contre mon cerveau pour l'empêcher de faire 50 000 scénarios en même temps, dont certains sont du registre de Marc Levy, de Tex Avery ou de Zola.

— Ah ah ah ! C'est précisément ça ! Sauf que certains de ces scénarios sont complètement plausibles. Ce sont juste les gens en face qui ne sont pas en capacité de les recevoir. Comme si le temps de gestation des idées n'était pas le même. Tu vois ce que je veux dire ?

— Parfaitement ! Le drame de ma vie…

Nous échangeons un grand sourire avant qu'il ajoute :

— Tu ne seras donc pas choquée si je te dis à quoi je pense… Tu veux changer de vie, te reconnecter à la terre, vivre au milieu de la nature. Tu as plein de connaissances pour faire de ce lieu une ferme pédagogique en harmonie parfaite avec mon projet. Nous partageons une même philosophie de vie, le même regard sur le monde. Peut-être pourrions-nous nous associer dans le projet ? Je conçois que l'on se connaît à peine et que cette idée pourrait te sembler folle… mais j'ai l'impression de te connaître depuis toujours. Tu serais évidemment libre d'arrêter quand tu veux si cela ne te convient pas. Et tu n'es pas obligée de répondre tout de suite, mais peut-être accepterais-tu au moins d'y réfléchir ?

Je m'assois brusquement sur le bord du lit, mes jambes ne me portent plus. Un immense frisson me parcourt la colonne vertébrale et mon cœur fait plus de bruit que Les Tambours du Bronx. Je m'entends juste répondre :

— Tu ne seras donc pas choqué si je te dis que j'ai eu cette même pensée qui m'a traversé l'esprit il y a quelques instants à peine ?

Il s'assoit à côté de moi, pose sa main sur la mienne et me dit en rigolant :

— Ni choqué ni surpris ! Tensiomètre ?

C'est Sam, reparti dans l'atelier, qui interrompt ce moment en revenant vers nous pour demander de visiter la menuiserie. Zoé, elle, a déjà commencé à peindre une toile en installant son chevalet devant les fenêtres grandes ouvertes. Je laisse les garçons entre eux et m'installe sur la terrasse avec mon carnet de voyage. Pas pour y écrire les dernières aventures, mais pour commencer un design en permaculture. Je recense les ressources des parcelles, liste les exploitations qui y sont possibles, effectue des recherches sur les espèces végétales, animales endémiques, mais aussi sur les sols de la région et commence à designer les espaces. Tout est un peu brouillon, il y a des notes dans tous les sens, les idées fusent comme dans un bouquet final de feu d'artifice. L'objectif à terme est de rédiger un projet structuré et documenté que je soumettrai à Jeanne et Arthur, mais également à Pascale et Michel. Avoir la théorie, c'est bien, mais la soumettre à des personnes expérimentées, c'est mieux.

Lorsque les garçons reviennent, cela fait déjà 3 heures que je bosse avec l'impression d'avoir commencé seulement depuis une demi-heure. Sam affiche un sourire que je ne lui avais pas vu depuis longtemps. J'ai interdiction d'aller voir ce qu'il a fait, car il préfère attendre d'avoir fini, mais il parle de son travail comme d'une révélation.

Raphaël me propose ensuite de l'accompagner aux brebis. Il siffle les chiens qui viennent directement s'asseoir à ses pieds, Bob en remuant sa grande queue en panache, Gotcha en remuant le petit moignon qui lui sert de queue. Je ne reconnais pas mes chiens, ce qui amuse beaucoup Raphaël. Sur le chemin, il me raconte, enthousiaste, la séance de menuiserie avec mon fils :

— Il est très intelligent, ton fils, et j'adore son sens de l'humour. On a passé un très bon moment tous les deux. Il apprend vite et a un sens de la logique. Il s'est moqué de moi, d'ailleurs, parce que je voulais « mettre la charrue avant les bœufs », comme il a dit, et le pire, c'est qu'il avait raison ! Demain, je lui confie l'atelier et le meuble à finir seul. Il est trop content et son envie fait plaisir à voir.

— Seul avec les grosses machines ? Il est dyspraxique, ce n'est pas une bonne idée si on ne veut pas qu'il termine avec un crochet à la place de la main comme le capitaine dans *Peter Pan*.

— Il en est parfaitement conscient. Il s'est beaucoup confié en travaillant et ça m'a beaucoup touché, d'ailleurs. Mais ne t'inquiète pas, dans ce qu'il a à faire demain, il n'y a rien de dangereux à manipuler. Au pire, nous devrons gérer un coup de marteau sur les doigts. Mais tu le connais mieux que moi, donc c'est à toi de décider…

— Le sourire qu'il avait en rentrant vaut tous les coups de marteau ! Et puis quoi de plus idéal que de se marteler un doigt en présence d'un médecin ?

Son rire est une douce mélodie pour mes tympans… même si par la suite, ce qui le provoque est ma tête au milieu des brebis qui m'entourent et me poussent. Il m'apprend les sons qu'il utilise pour contrôler tout ce petit monde selon les circonstances et je suis heureuse d'y arriver du premier coup. Je referme fièrement la grande porte de la bergerie après avoir changé l'eau et ajouté de la paille à certains endroits sur les ordres doux de Raphaël. Il est doué d'une forme de pédagogie innée et je comprends pourquoi le courant est bien passé avec Sam. Je file ensuite sous la douche, car le port de tongs n'était pas complètement adapté à cette activité. Je me lisse les cheveux et les laisse détachés, me maquille très légèrement pour avoir meilleure mine, me parfume délicatement, choisis une jolie robe noire, simple, mais avec un joli décolleté des épaules, essaie plusieurs bijoux pour ne retenir au final que les boucles d'oreilles créoles et un large bracelet dorés parfaitement assortis à mes nu-pieds. Un dernier regard dans le grand miroir est plutôt satisfaisant. Ça faisait longtemps que je n'avais pas eu le temps, ni l'envie surtout, de me faire un peu jolie. Je m'interdis d'analyser tout ça et pars en direction de la cuisine.

14

« Le ciel étoilé offre une leçon de sagesse à qui sait le regarder : s'y perdre, c'est se trouver. »

Michel Onfray

Raphaël arrive en même temps que moi dans la cuisine. Il est très beau dans son ensemble en lin, avec un pantalon noir raccourci sur le bas par plusieurs replis de l'ourlet et sa chemise écrue aux manches retroussées de la même manière. Un « Waouh ! Tu es magnifique ! » nous échappe tous les deux de la bouche en même temps, suivi du même « Merci beaucoup », ce qui nous fait rire et empêche tout sentiment de gêne de s'installer.

— J'ai commandé des pizzas à mon voisin et ami qui tient un restaurant dans le village. Elles sont délicieuses. Ça te va ?

— C'est parfait, c'est une super idée, merci.

— Je t'en prie. Tu viens avec moi les chercher ? Je propose que l'on prenne ma voiture, qu'en penses-tu ?

— Ah ah ah… Puisque tu ne te sens pas de pousser la mienne sur plusieurs kilomètres, alors d'accord ! Go !

Les enfants préfèrent rester à la maison pour finir ce qu'ils ont à faire. Je ne comprends pas bien de quoi il s'agit, mais peu importe, je leur fais confiance et pars tranquille. Lorsque Raphaël démarre sa voiture, la radio se met en marche et c'est une magnifique chanson d'Étienne Daho qui commence :

Il n'est pas de hasard,
Il est des rendez-vous,
Pas de coïncidence

Aller vers son destin,
L'amour au creux des mains,
La démarche paisible
Porter au fond de soi,
L'intuition qui flamboie,
L'aventure belle et pure
Celle qui nous révèle,
Superbes et enfantins,
Au plus profond de l'âme
Porté par l'allégresse,
Et la douceur de vivre,
De l'été qui commence
La rumeur de Paris,
Comme une symphonie,
Comme la mer qui balance
J'arrive au rendez-vous,
Dans l'épaisse fumée,
Le monde me bouscule
Réfugié dans un coin
Et observant de loin
La foule qui ondule
Mais le choc imminent
Sublime et aveuglant
Sans prévenir arrive
Je m'avance et je vois,
Que tu viens comme moi,
D'une planète invisible
Où la pudeur du cœur,
Impose le respect
La confiance sereine
Et plus tu t'ouvres à moi
Et plus je m'aperçois
Que lentement je m'ouvre
Et plus je m'ouvre à toi
Et plus je m'aperçois

Que lentement tu t'ouvres
Il fut long le chemin
Et les pièges nombreux
Avant que l'on se trouve
Il fut long le chemin
Les mirages nombreux
Avant que l'on se trouve
Ce n'est pas un hasard,
C'est notre rendez-vous
Pas une coïncidence.

Il reste immobile le temps de la chanson, les yeux rivés sur son autoradio, et lorsqu'elle se termine, il tourne la tête vers moi et nos yeux se perdent dans le regard de l'autre, plein d'émotions et d'intensité. C'est une petite branche de chêne tombant sur le pare-brise qui rompt le moment en nous faisant sursauter. Nous prononçons en rigolant en même temps « Sauvés par le gland ! » et le fou rire qui s'ensuit met un terme définitif à cet instant chargé de romantisme et d'amour. Il se met à conduire et, en même temps que nous chantons tous les deux à tue-tête les chansons suivantes, je pose ma tête sur mes bras sur le rebord de la portière et ferme les yeux pour profiter des derniers rayons du soleil, sentir le vent sur mon visage et humer l'odeur très particulière des bois de cette région.

Dans les vieilles rues pavées du village, sa main posée délicatement dans le bas de mon dos me guide jusqu'à une terrasse où nous prenons un verre. Il trinque avec moi, en me regardant droit dans les yeux : « À Étienne Daho et à nous ! » Mon cocktail contient du rhum et c'est lorsque nous nous levons pour aller récupérer les pizzas que je mesure qu'ils n'ont pas hésité sur la dose ! Je ne suis pas saoule, mais avec un sourire figé en permanence sur mon visage et une envie de rire pour tout, mais surtout pour rien. Raphaël le remarque et en joue. Nos rires couvrent le brouhaha des visiteurs qui se promènent dans les ruelles.

En rentrant à la maison, nous découvrons ce que les enfants entendaient par des trucs à finir. Ils ont préparé une belle table, avec des lampions, des bougies et un chemin de table champêtre en feuilles séchées et branches ramassées dans les alentours ainsi que quelques plumes. Un paquet est posé à la place de Raphaël. C'est adorable, et je ne sais pas si c'est parce que ce sont mes enfants qui l'ont fait, je trouve que cela a beaucoup d'allure. Raphaël les remercie, les félicite et trouve ça très joli. Il est tout surpris de recevoir un cadeau. Il y a un petit mot scotché sur l'emballage et je reconnais l'écriture irrégulière de Sam : « Parce que tu es gentil et que nous t'aimons beaucoup. Zoé et Sam »

— Moi aussi, je vous aime beaucoup, les enfants... Je suis très touché, vraiment. Je suis très chanceux de vous connaître tous les trois.

— Attends d'ouvrir le cadeau avant d'affirmer ça, dit Zoé en rigolant.

Le papier arraché laisse apparaître une image qui me coupe le souffle. Au fusain, dans un dégradé de gris, de blanc et de noir, c'est l'image parfaitement exécutée de Raphaël arrivant au bout du chemin boisé entouré de ses brebis telle que dans mon rêve et la veille au soir. Certaines zones sont justement floutées pour donner au dessin un côté vaporeux, irréel, mais d'autres sont chargées d'une multitude de détails qui lui donnent une dimension photographique. La plume dessinée dans les cheveux de Raphaël n'échappe pas à mon regard. Quelques fleurs peintes en rouge et orange viennent donner du « peps » à l'ensemble. Sam a fabriqué un cadre avec du bois de palette teintée en rouge par ses soins. Ce n'est pas tout à fait sec, mais parfaitement réalisé. Raphaël bredouille un « Je n'ai pas de mots tellement c'est beau » avant de se lever et de prendre les enfants dans ses bras en chuchotant des « merci, merci, merci » et en les couvrant de bisous. Je fais ensuite la même chose et leur dis à quel point je suis fière d'eux. Nous sommes tous les deux très émus et nous passons une partie du repas à analyser et commenter le tableau. Les yeux des enfants brillent de joie et de fierté. Raphaël nous invite dans le salon pour l'aider à choisir le meilleur emplacement et le fixe après plusieurs essais au-dessus de la cheminée, en prenant soin de conserver le petit mot après y avoir ajouté la date du jour.

Lui et moi prenons ensuite chacun un plaid, une boisson chaude et partons nous installer sous le kiosque. De nuit, une partie de la roche est éclairée par les lumières du village et aucun nuage ne vient polluer le ciel étoilé. On dirait une carte postale. Nous contemplons silencieusement cette vue magnifique lorsque Raphaël se lance dans une longue explication, les yeux rivés sur ce paysage :

— Lorsque j'habitais au Vésinet, j'avais une situation professionnelle que les gens appellent « bonne », une belle maison, des amis, une belle femme. Elle était prof de maths dans un collège privé juste à côté de chez nous. Je partais très tôt le matin, rentrais très tard le soir, et entre les deux, recevais des dizaines de personnes qui n'allaient pas bien. Normal, me diras-tu, pour un médecin ! Mais ma réalité, c'était de prescrire des antidépresseurs pour aider des gens en burn-out à tenir dans un système de plus en plus absurde, accompagner des malades du cancer parce qu'ils ont été nourris de pesticides et de viande piquée aux antibiotiques, dépister de plus en plus de cas graves d'asthme ou de bronchiolites chez des enfants de plus en plus jeunes à cause de la pollution, accorder du temps de parole à des personnes âgées trop seules, prescrire des arrêts de quelques jours, aussi efficaces que du Mercurochrome sur une jambe de bois, à des femmes élevant seules leurs enfants avec une surcharge mentale énorme et des situations financières souvent compliquées ou à de plus en plus d'enfants en phobie scolaire alors que ce ne sont pas eux qui sont malades, mais l'école... Tout ça fait perdre beaucoup de sens à ton métier. Ce type de consultations augmentait de jour en jour, avec des histoires de vie de plus en plus absurdes. Certains avaient 1 h 30 de transport pour aller travailler, d'autres cumulaient deux boulots pour s'en sortir ou encore décrivaient des conditions de travail complètement hallucinantes. J'ai même reçu une mamie de 75 ans obligée de distribuer des journaux suite au décès de son mari, handicapée après un accident de travail, ce qui l'avait empêchée de travailler et de bénéficier d'une retraite décente. Ma femme gagnait bien sa vie, et moi, je la gagnais sur le dos de ces maltraitances de la société pour financer des voyages de rêves, des sorties à l'opéra, de grands restaurants, de belles voitures... Ma vie était comme dans certaines boîtes de nuit : deux salles, deux ambiances. Mais passer d'une salle à l'autre était de plus en plus difficile.

Il marque une pause, réfléchit et reprend :

— L'univers de ma femme était très éloigné du mien. Des horaires allégés, plusieurs semaines de vacances et des questions existentielles à l'opposé des gens que je voyais la journée. Pourtant, lorsqu'elle a commencé dans ce métier, elle était motivée, pleine de passion, de rêves, de justice, de compassion : transmettre, enseigner, aider, défendre l'égalité d'accès au savoir. Mais elle s'est vite fait écraser par le rouleau compresseur qu'est l'Éducation nationale : investissement personnel non reconnu, initiatives brisées, nouvelles approches bannies. Elle a été absorbée par son environnement et ses collègues. À ses yeux, tous les parents étaient défaillants et laxistes, tous les enfants étaient mal éduqués et fainéants et, bien sûr, les enseignants étaient parfaits et courageux. Elle a oublié les valeurs qui l'animaient au départ pour privilégier le confort et a intégré une école privée avec de petits effectifs et des enfants sans problèmes familiaux. Et malgré cela, elle est devenue aigrie, intolérante. Elle qui défendait le dialogue a plongé dans l'autoritarisme. Je le sais, car j'ai reçu des enfants de sa classe en consultation qui étaient en phobie scolaire. Aucun dialogue n'était possible, elle rejetait la faute sur les autres… C'était elle, la victime. En 15 ans, elle est passée de « Montessori » à « Boot Camp ». Et plus son empathie diminuait, plus la mienne grandissait. Je n'arrivais plus à l'admirer, à l'aimer, et je restais par habitude, par confort, par peur peut-être aussi… Jusqu'à il y a deux ans. Un matin, une image a tout changé : celle d'un petit Syrien de 3 ans, migrant noyé suite au naufrage de son embarcation, gisant face contre le sable sur une plage turque. Le petit Aylan m'a bouleversé, comme beaucoup de monde. Des initiatives se sont multipliées pour que cela ne se reproduise plus : des pétitions, des lettres ouvertes, des marches, des manifestations. Je me suis engagé dans tout ça, seul, évidemment. Ces rassemblements de citoyens de tous horizons, de toutes nationalités, c'était porteur d'espoir. L'humanisme était encore présent dans ce monde égocentré, désinformé et lobotomisé. Mais l'effet Aylan n'a été qu'un pétard mouillé. Le choc a été vite digéré et le rythme métro-boulot-dodo a repris ses droits, arrosé de quelques comprimés pour dormir. C'est ce que l'être humain est devenu… Il s'agite et se mobilise un temps, que cela soit lors des attentats à Paris, une famine à l'autre bout du monde, la disparition des abeilles, puis remet ses œillères. Je ne pouvais pas, je n'y arrivais plus… Je voulais agir, changer les choses ! J'ai proposé à ma femme de réduire mon activité pour avoir le temps d'accueillir des migrants dans notre grande maison dont les trois quarts étaient inoccupés, les aider à se reconstruire, à s'adapter à un nouveau pays, à soigner leurs traumatismes, à faire ce que j'aimerais que l'on fasse pour moi si je devais fuir la guerre. Ma femme a refusé avec des arguments inacceptables dont j'ai honte de rapporter la teneur. Cela a coupé le dernier fil déjà très fragile qui nous unissait. J'ai vendu mon cabinet pour ne plus être celui qui cautionne ce système en saupoudrant d'anxiolytiques l'inacceptable, j'ai quitté ma femme et son monde superficiel et sans valeurs, j'ai vendu la maison et j'ai pris la route sans même savoir où j'allais. J'avais besoin de m'isoler, me recentrer, réfléchir… J'ai fait comme vous, j'ai découvert des endroits magnifiques loin des sentiers battus, planté ma tente dans des lieux dont la plus grande majorité ignore la splendeur, rencontré de belles personnes dont la vie avait un sens. J'ai voyagé deux semaines à travers la France, dont beaucoup de régions que tu viens de traverser, jusqu'à ce chemin emprunté comme toi sans voir les panneaux et arriver à cette maison. C'est en la visitant qu'est née cette idée de refuge pour migrants. Mais je voulais les recevoir dignement et me suis un peu essoufflé dans les travaux. C'est un projet ambitieux pour une seule personne. Et au moment où je commence à ne plus y croire, tu t'évanouis devant chez moi. Lorsque tu m'as raconté ta vie, ton cheminement, tes rêves, tes idées, tu as tout rallumé. Tu me redonnes vie, Lily.

Il me regarde et, surpris, se lève et se précipite vers moi.

— Mais tu pleures ?

Il essuie mes joues inondées de larmes avec ses doigts et me tire contre lui pour me serrer dans ses bras en répétant : « Je suis désolé. »

— Tu n'as pas à être désolé.

Ma voix tremble.

— Ce sont des larmes de tristesse mélangées à des larmes de bonheur. Tes mots sont si justes, tes choix si purs et tes actes si forts. Je me reconnais tellement en toi, malgré des parcours différents. Nous partageons la même suradaptabilité au monde, la même incompréhension de ce qui s'y joue, la même solitude et sensibilité aussi. Je pleure sur toute la triste réalité de ce système que tu décris si parfaitement et, en même temps, sur le bonheur de te croiser. Je suis tellement chanceuse de te connaître, soulagée de te rencontrer. Tu me redonnes espoir, Raphaël.

Il me serre un peu plus fort et mes larmes reprennent de plus belle. Je respire pour essayer de canaliser toutes ces émotions et parviens à lui glisser :

— Par contre, avec toutes ces larmes, je ne redonne pas vie à ta chemise, là !

Nous pouffons de rire tous les deux et j'en profite pour me défaire un peu de cette étreinte. Je vois que des larmes coulent aussi sur son visage. Je caresse son visage et ajoute :

— Sympa les soirées chez toi... La première, je tombe dans les pommes, et la seconde, je pleure toutes les larmes de mon corps ! Huuuum ! Vivement demain !

Ça le fait rire... On se regarde en silence, ma main toujours sur sa joue, la sienne sur ma main. Il y a la même intensité que dans la voiture après la chanson d'Étienne Daho, et je sais que si je ne bouge pas, nous allons nous embrasser. Et c'est trop tôt, même si j'en meurs d'envie. Je lui souris, lui propose de rentrer et me lève. Il pose délicatement le plaid sur mes épaules en laissant son bras dessus pour marcher jusqu'à la maison.

Zoé regarde un film, et ce même film regarde Sam dormir sur le canapé. Avant que j'aie le temps de le réveiller, Raphaël le prend dans ses bras et le porte dans sa chambre. En revenant, il rigole :

— Ton fils ne s'est même pas rendu compte qu'il avait changé de crèmerie. On se demande de qui il tient ça !

— Je ne vois absolument pas de quoi tu parles ! fais-je avec un air tout étonné.

— Tensiomètre pour la peine !

— Ce n'est pas la peine, je te promets que je me sens bien…

Mais je n'ai pas le temps de terminer ma phrase que j'ai déjà l'appareil autour du bras et une invitation à m'asseoir sur le canapé à côté de ma fille.

— Nous n'avons pas la même notion du bien, chère Lily. 10/8, ce n'est pas ce que j'appelle une bonne tension. Tu dors bien ?

— Oui, ne t'inquiète pas. La nuit dernière a été agitée à cause de drôles de rêves, mais c'est sûrement lié à mon malaise.

— D'ailleurs, je ne t'ai pas raconté, mais j'ai rêvé de toi. C'était très étrange, nous étions en Égypte, j'étais pharaon et tu étais mon épouse. C'était très sympa, d'ailleurs… même si ça s'est mal terminé.

— Ne me dis pas que nous avons été assassinés par ton frère ?

Nos yeux et nos bouches sont grand ouverts…

— Comment tu sais ça ??

— Parce que j'ai fait exactement le même ! Et d'autres aussi…

— Raconte-moi les autres, s'il te plaît.

— Je vais attendre demain tes rêves de cette nuit. Ce n'est probablement qu'une simple coïncidence, mais c'est tellement hallucinant !

Zoé, que je croyais concentrée sur son film, sort en rigolant :

— Ce sont les frères Bogdanov qui seraient contents d'assister à cette scène ! On nage en pleine science-fiction, là…

— Et encore, tu ne sais pas tout, ma chérie ! Mais je vous raconterai tout ça plus tard… Là, il serait raisonnable d'aller se coucher.

Je joins le geste à la parole en me levant, allant embrasser ma fille, puis Raphaël, et en me dirigeant vers ma chambre, toute chamboulée par cette journée en général et cette soirée en particulier. Il me rattrape par la main alors que je suis dans la cuisine, me tire à lui et me serre dans ses bras en me murmurant dans l'oreille un « Bonne nuit, ma reine égyptienne ». Je lui dépose un dernier baiser sur la joue et file m'enfermer dans ma chambre. Comme la veille, le sommeil a du mal à venir. Il s'est passé tellement de choses aujourd'hui…

15

« Les rencontres les plus importantes ont été préparées par les âmes avant même que les corps ne se voient. »

Paolo Coelho

Je dors encore profondément lorsque je sens une main qui me caresse le dos. Je me demande si je rêve encore jusqu'à ce que j'entende la voix de Raphaël chuchoter :
— Lily… J'ai besoin de te parler….
J'ouvre difficilement les yeux et l'aperçois assis au bord du lit. Encore à moitié endormie, je lui souris jusqu'au moment où je me souviens que je dors nue. Je sursaute et ma main cherche le drap qui, heureusement, me couvre le corps à partir de la moitié du dos. Cette petite frayeur me réveille complètement. Je parviens à marmonner :
— Bonjour, Raphaël. Il est quelle heure ?
— Bonjour, ma belle. Il est 10 h 30. Tu as bien dormi ?
J'ai rêvé toute la nuit que nous faisions l'amour et un orgasme très puissant m'a réveillée à 6 h, mais ça, je ne peux pas le lui dire… Je me sens rougir en y repensant.
— Oui, très bien, merci. Et toi ?
— Justement, c'est de ça que j'ai besoin de te parler. J'ai encore rêvé de nous, cette nuit.
Il me le raconte en détail et cela correspond en tous points au second rêve que j'ai fait la nuit précédente. Ne parvenant pas à m'endormir la veille au soir, j'ai pris le soin de les écrire dans un petit carnet pour ne rien oublier. Je tends la main vers la table de chevet, cherche la bonne page et le lui tends. Je profite de ce temps de lecture pour remonter le drap, me tourner sur le dos et me relever un peu. Plus

il avance dans la lecture, plus je vois ses sourcils se froncer. Je veille à ce qu'il ne lise pas le dernier rêve et, lorsqu'il a terminé, il repose le carnet sur la petite table et me regarde en restant silencieux.

— Je comprendrais que cela te fasse peur, Raphaël. Je vis des choses un peu irrationnelles depuis quelque temps, c'est difficilement explicable. Le dessin que Zoé a fait hier, c'est exactement le rêve que j'avais fait la nuit précédant mon arrivée ici. Je t'ai vu dans mes songes juste avant de te rencontrer et la scène était strictement identique à la réalité. Et c'est mon cœur qui m'a alertée de ton arrivée avant même que je te voie en se mettant à battre comme un dingue. Quand je me suis retournée et que je t'ai aperçu au loin, ça a été un véritable choc physique et émotionnel. C'est ce qui a provoqué mon évanouissement, d'ailleurs. J'imagine que pour quelqu'un qui a fait des études scientifiques, c'est un peu irrecevable et que tu me prends sûrement pour une folle, mais c'est la vérité. Et le fait que nous fassions les mêmes rêves me rassure un peu sur mon état mental, d'ailleurs...

— Je te laisse te préparer tranquillement. Viens me rejoindre dans l'atelier lorsque tu es prête, d'accord ?

Lorsqu'il quitte la pièce, je suis persuadée qu'il me prend pour une sorcière ou une psychopathe, voire les deux. Je risque de le perdre et cette idée m'est insupportable. Être autant amoureuse en si peu de temps semble complètement fou, mais je dois m'avouer que c'est pourtant le cas. Je me demande pourquoi il veut que je le rejoigne là-haut. Peut-être pour être loin des enfants et me demander de quitter les lieux... Cette pensée me déchire le cœur, mais s'il n'est pas prêt, à quoi bon...

Je vais prendre une douche pour me réveiller et être sûre que je ne suis plus dans un de mes rêves bizarres. La frontière entre les deux mondes est difficile à définir. Peut-être même que je rêve que je me douche, après tout ! C'est une véritable tornade dans ma tête.

Je tremble un peu lorsque je rentre dans l'atelier de peinture. Il est penché au-dessus d'un tas de toiles posées contre un mur et en met quelques-unes de côté. Elles sont à l'envers et je ne vois pas ce qu'il y a dessus.

Lorsqu'il me voit, il vient vers moi, me prend la main, me mène jusqu'à sa chambre et m'invite à m'asseoir sur son lit. Il s'agenouille devant moi et prend la parole d'une voix plutôt enjouée, ce qui me rassure :

— Tu te feras moins mal si tu t'évanouis… Tu as raison, j'ai toujours été extrêmement cartésien. Mais je ne t'ai pas tout raconté, hier soir. La première semaine passée ici, j'ai aussi fait des rêves très étranges. C'était toujours le même message, « Réalise-toi et elle arrivera », avec toujours le même visage qui apparaissait. Au début, l'image était floue, mais au fur et à mesure, elle se précisait. À chaque fois, mon cœur battait intensément, comme ce que tu décris. J'ai mis en peinture chaque matin les images de la nuit. C'est ce que je voudrais te montrer par ordre d'apparition. Es-tu prête ?

Je fais un signe affirmatif avec ma tête, les mots sont bloqués dans ma gorge. Je sais déjà que c'est moi qui vais apparaître sur les toiles. Il revient avec plusieurs tableaux et me présente le premier : au fusain, avec strictement le même style utilisé par Zoé la veille pour le dessiner, il a reproduit notre première rencontre vue du chemin. Je reconnais le portail du mas, une voiture le capot ouvert avec deux chiens dedans, et trois personnages. Les visages ne sont pas reconnaissables, ce sont des ombres. On devine juste deux filles et un garçon. L'une d'elles est assise en tailleur par terre…

Le second tableau est une aquarelle : un homme de dos, portant un bleu de travail, portant dans ses bras une femme. On ne voit pas distinctement son visage, mais une longue chevelure blonde.

Le troisième est une esquisse inachevée : une femme portant exactement la même tenue que celle que je portais hier soir, avec la même coiffure, les mêmes bijoux. Aucun trait du visage n'est dessiné, juste la silhouette et plein de détails qui ne laissent aucun doute sur l'identité de cette personne.

— Il y en a d'autres, mais c'est comme pour tes rêves, je te les montrerai plus tard. Je n'ai jamais vu clairement ton visage, mais une partie de ce que j'ai vu s'est réalisée. Je n'ai jamais pu en parler à qui que ce soit de peur de passer pour un fou et j'ai caché ces tableaux. Dès que je t'ai aperçue, j'ai su que c'était toi. Et moi aussi, mon cœur s'est mis à battre très fort quelques instants avant que j'arrive sur les lieux. Tu n'es pas folle, Lily. Ou alors nous le sommes tous les deux... peu importe, je dirais. La seule chose que je sais, c'est que je t'aime avec une intensité dont je ne soupçonnais même pas l'existence ! Je n'ai aucune explication rationnelle à tout ça, et le cartésien que je suis fait mouliner son cerveau en boucle depuis ton arrivée pour essayer de comprendre. Mais comme tu dis, c'est inexplicable...

— On va devoir s'habituer à tout ça, tous les deux. Une amie rencontrée lors mon voyage m'a parlé d'âmes jumelles. C'est une âme qui se réincarne dans deux corps distincts. Elles passent une grande partie de la vie à se chercher, se croisent souvent sans le savoir, et lorsqu'elles sont prêtes, elles se retrouvent et se reconnaissent par l'intensité de l'amour qu'elles vivent instantanément, mais qui existe de toute façon bien avant qu'elles ne se rencontrent. Cela provoque une explosion du taux vibratoire qui s'effondre si les personnes refusent de vivre ce lien et se séparent et, si elles l'acceptent, une ouverture rapide de leur spiritualité qui peut se manifester de plein de manières différentes : intuition, rêves prémonitoires, communications avec « l'univers », sorties de corps, magnétisme, accès à des vies antérieures et plein d'autres événements pas du tout cartésiens. Tu ne développes pas tout ça forcément, mais nous risquons de vivre des choses de cet ordre-là. L'Égypte, la maison en pierre, ce sont des morceaux de nos vies antérieures… Il m'était impossible de t'expliquer tout ça après mon évanouissement ni à chaque fois que tu prenais ma tension. Je ne suis pas malade, c'est mon âme qui envoie des signaux à mon corps. Je n'ai rien dit non plus parce que j'étais malgré tout dubitative, j'avais besoin de preuves. Et chaque fois que tu ouvrais la bouche, m'écrivais un message, j'en recevais. C'est inexplicable et hallucinant, mais j'ai une certitude, c'est que je t'aime au-delà de ce que je peux décrire.

Il se rapproche et m'embrasse. Le contact de ses lèvres sur les miennes provoque une explosion dans mon cœur, dans mon corps, et des larmes coulent sur mes joues. L'intensité de ce baiser parfait est indescriptible et des frissons parcourent tout mon corps. C'est un feu d'artifice intérieur. Sans que nos bouches se séparent, nous nous allongeons sur le lit. Nos mains s'entrelacent, nos langues se mélangent en douceur, nos corps ondulent doucement. Le temps s'est comme arrêté, je m'abandonne totalement, le moment est magique…

Un « Eh oh ? Il y a quelqu'un ? » provenant du bas des escaliers vient interrompre notre étreinte. Raphaël recule un peu, me sourit, le regard plein d'amour, m'embrasse une dernière fois, me murmure un « je t'aime », puis se lève.

Je reste un instant sur le lit, à savourer cet instant. Lorsque je descends à mon tour, je salue Rémi attablé sur la terrasse avec un café en train de discuter avec Raphaël. Les enfants ont veillé tard et dorment encore. Je suis dans un état second, un sourire figé sur les lèvres, les yeux brillants… je flotte. Mon regard ne peut s'empêcher de croiser celui de Raphaël qui affiche le même état. Je lutte pour écouter Rémi, mais je ne vois que ses lèvres bouger, je suis dans une bulle. Je réponds plusieurs fois à côté de ses questions et il me taquine. Les enfants nous rejoignent à table encore tout endormis. J'aime leur naturel au réveil, cette lente reconnexion à la réalité. Ils m'embrassent chacun leur tour en mettant leurs bras autour de mon cou. Ils ont une douce odeur légèrement salée. Ils saluent de la même manière Raphaël qui les prend dans ses bras également. La relation entre eux semble évidente aussi et mon cœur se gonfle de bonheur. Je n'ai pas eu le temps de prévenir Raphaël que je souhaitais protéger les enfants de ce qu'il se passe entre nous, mais je lui fais confiance. J'ai besoin de sonder les enfants sur une possible installation ici et s'ils me savent amoureuse, ils feront un choix pour moi et non pour eux.

Nous récupérons le reste des affaires dans la voiture et Rémi la charge sur son camion. En repartant, Rémi me lance en rigolant :

— Ne t'inquiète pas, Lily, je suis sûr que ta voiture n'a rien. Je parierais n'importe quoi qu'elle va redémarrer toute seule quand tu auras choisi de rester là ! Ah ah ah !

Les enfants, qui sont juste à côté de moi, explosent de joie et me bombardent de questions :

— C'est vrai ? On reste là ? Genre pour toujours ? Mais c'est génial... On peut prévenir papa ? Et nos amis ?

— Si vous êtes d'accord, on va s'asseoir et en discuter tous les 4. C'est une possibilité, mais il n'y a rien de décidé. Je vous présente le projet et vous choisissez librement ce qui vous convient.

Nous nous installons dans le salon et je prends la parole :

— Lors de notre voyage, nous avons tous les trois voté pour un changement de vie avec les critères suivants : une ferme, au calme, à la campagne, avec un potager et des animaux, de préférence dans une région ensoleillée. Est-ce que vous êtes toujours d'accord avec ces critères, pour commencer ?

Un « oui » massif sort de la bouche de chacun d'entre eux, mais, car avec les enfants, il y a toujours un mais, chacun ajoute une précision. Pour Zoé, c'est un rappel de son souhait d'avoir un cheval, et pour Sam, c'est une nouveauté, l'envie d'apprendre la menuiserie.

— J'en prends note. Le projet de Raphaël est de transformer cet endroit en lieu d'accueil pour des migrants et leur proposer un lieu de ressource. Le mien était de viser l'autonomie alimentaire et énergétique autant que possible tout en aidant des gens à se reconnecter à la nature. Les deux projets sont complémentaires et les deux activités réunies sont pleines de sens. Les personnes en difficulté qui séjourneront ici pourront bénéficier d'un endroit digne pour se reconstruire physiquement et psychologiquement, apprendre la permaculture, le commerce, la cuisine, produire pour se sentir utiles et non redevables tout en apprenant la langue, la culture et trouver du soutien pour les démarches administratives. Le produit des ventes et, je l'espère quelques subventions, permettront de financer l'ensemble des deux projets. Pour le moment, rien n'est acté. Nous devons étudier si c'est viable financièrement, calculer le montant des investissements nécessaires, définir le cadre de notre collaboration et trouver une maison pas trop loin, mais en gros, c'est ce que nous avons envisagé. Est-ce que jusque-là vous me suivez ?

— Je pourrais donner aux migrants quelques cours de dessin ou de peinture, maman ! C'est super pour communiquer et sortir des émotions… dit Zoé, enthousiaste.

Sam se contente d'un signe affirmatif de la tête. Je peux donc poursuivre.

— Avant d'approfondir cette possibilité, j'ai bien évidemment besoin de votre accord, mais aussi veiller à ce que vous puissiez réaliser vos rêves dans cette région. Par exemple, s'assurer que tu puisses intégrer une école des Beaux-Arts, Zoé, et de façon pas trop contraignante géographiquement. Ou toi, Sam, qu'il y ait des métiers à découvrir qui t'intéressent à proximité. Il n'y a aucune urgence à ce que vous répondiez maintenant. Prenez le temps d'y réfléchir, de sentir les choses, de noter vos questions, vos doutes et on en rediscute. Est-ce que cela vous semble juste comme proposition ?

— En fait, j'ai déjà regardé sur Internet, dit Zoé en rigolant. J'ai trouvé une formation par correspondance. J'aimerais bien l'essayer pendant un an, et si ça ne me plaît pas, il y a une École des Beaux-Arts à Nice, à 1 h d'ici en voiture. C'est galère en transports, mais pas infaisable. Donc moi, je n'ai pas besoin de réfléchir, c'est oui direct !

J'interroge Sam du regard.

— Moi, je sais ce que je veux faire : restaurer de vieux meubles et apprendre à en fabriquer de nouveaux. Je veux bien apprendre à travailler les métaux aussi, il y a trop de belles choses à faire avec les deux. Raphaël ? Tu me prendrais en apprentissage menuiserie ?

— Je ne suis pas artisan menuisier, donc je ne peux pas. En revanche, la maison en bas du chemin est à un ami artisan et il est adorable. C'est quelqu'un d'extrêmement gentil et tous les apprentis qu'il a formés continuent de venir le voir en tant qu'amis. Il a eu un début de vie un peu compliqué et comprend très bien les jeunes. Je ne sais pas s'il pourrait te prendre à la rentrée, mais je peux lui demander sans problème et te le faire rencontrer, si cela te dit. Pour le métal, je connais aussi une personne dans le village d'à côté. Mais peut-être peux-tu commencer par le bois et dans deux ans, si cela te plaît toujours, te former à ça ?

— C'est top ! On le rencontre quand, ton ami ? Et l'école, elle est où ?

— Je vais l'appeler et lui demander, mais il est possible que cela soit aujourd'hui ou demain. Pour l'école, il y a un super centre de formation à Barcelonnette. C'est un peu loin, mais c'est vraiment une super école. On trouvera toujours une solution pour la distance. Le fils de Rémi l'intègre justement à la rentrée et ils ont organisé des covoiturages avec un autre jeune du village. Il y a une possibilité d'internat, aussi. Tu choisiras la formule qui te convient le mieux.

— Ben pour moi, c'est oui direct aussi, du coup ! Sauf si le menuisier est un faux gentil !

— Non, fais-moi confiance, c'est un vrai gentil ! D'ailleurs, ça me donne une idée… Ça vous dit que l'on organise un dîner ici demain soir ? Ça me ferait plaisir, Lily, de te présenter à mes amis, et les enfants pourraient rencontrer des jeunes sensiblement de leur âge pour pouvoir mieux se projeter. Et même si je ne vous connais pas depuis très longtemps, je vous connais suffisamment pour savoir que vous allez bien vous entendre. En attendant, nous avons entendu votre envie, mais votre maman a raison, accordez-vous un temps de réflexion. Pour la maison pas trop loin, on en reparlera aussi. Celle-ci est immense…

Je suis très touchée par ce discours plein d'empathie et d'attentions à l'égard de mes enfants. Il n'impose pas, il propose et laisse le choix. Et il fait ce qu'il dit… Il appelle son ami menuisier qui lui propose de passer maintenant. Il trouve les mots justes pour rassurer Sam qui panique un peu à l'idée de cette rencontre sans s'y être préparé et ils partent tous les deux. À peine le portail franchi, il m'envoie un message : « Tu es merveilleuse. Je t'aime. » Il a croisé le mien qui disait exactement la même chose.

Je reprends toutes mes notes de la veille et poursuis l'étude du projet autour des jardins. À sa demande, j'explique à Zoé tout ce que j'ai en tête et pourquoi. Elle me propose de faire quelques croquis pour une visualisation plus facile du projet final. Je fais le tour des parcelles pour lui expliquer exactement comment j'envisage les choses et elle suggère quelques améliorations purement décoratives, mais très pertinentes. Nous

nous mettons ensuite toutes les deux au travail et, tout doucement, cela prend forme. Lorsque les garçons reviennent, il ne reste que la partie financement à boucler. Il me manque les subventions auxquelles nous pouvons prétendre et un ordinateur pour mettre tout ça au propre. Sam affiche un grand sourire et marche en sautillant. Effectivement, il est porteur de plein de bonnes nouvelles. Le courant est super bien passé avec Jean et il serait d'accord pour le prendre en apprentissage dès qu'il a trouvé le centre de formation. Il lui conseille le même que Raphaël et un rendez-vous est déjà fixé avec le directeur du centre dès le lendemain en début d'après-midi grâce à un appel de Jean. Je suis étonnée de la vitesse à laquelle les choses se mettent en place et une phrase d'Isabelle me revient à l'esprit : « Lorsque l'on est sur le bon chemin, les portes s'ouvrent toutes seules. »

L'après-midi des enfants est consacré au design du poulailler prévu dans le projet. Ils nous soumettent plusieurs propositions après avoir eux-mêmes effectué quelques recherches sur les prérequis. Certaines sont très originales, mais toutes offrent ce que nous avons demandé. Nous leur laissons le choix, mais comme ce sont eux qui vont le fabriquer, nous leur conseillons de faire simple pour commencer. Ils reviennent juste voir Raphaël pour avoir des conseils techniques, utiliser un outil dangereux ou trouver certains matériaux.

Cette effervescence a remotivé Raphaël à terminer les travaux. Il fait l'inventaire de ce qu'il lui reste à faire, me montre les plans qu'il avait prévus pour l'étage, me parle des associations humanitaires qu'il envisage de contacter. Il cale d'ailleurs un rendez-vous en fin de semaine avec Médecins du Monde. Je le sens tellement heureux. Je lui présente le brouillon de mon projet et il m'aide à le finaliser sur l'ordinateur. Le budget prévisionnel est moins déficitaire que je ne l'avais imaginé sur un an et à l'équilibre au bout de deux. C'est l'obtention d'aides qui sera déterminante à mes yeux. Lui se veut plus rassurant. La vente de ses biens lui assure une autonomie financière assez longue malgré l'achat de cette demeure, mais j'ai besoin que les choses soient justes, et prendre dans son pécule ne le serait pas.

Nous sommes pleins de gestes tendres l'un envers l'autre, nous avons ce même besoin tactile. Et nous nous embrassons en cachette des enfants comme deux adolescents. Dans la soirée, il appelle ses amis pour le dîner du lendemain et, par chance, les 4 couples qu'il convie sont disponibles. J'ai hâte de les rencontrer, je sais que s'il est proche de ces gens, c'est que ce sont de belles personnes.

La journée a été assez dense et nous sommes tous un peu fatigués. Nous ne nous retrouvons qu'un court instant après le repas sous la tonnelle, lovés l'un contre l'autre à contempler les étoiles. Un moment plein de tendresse, de poésie, de douceur…

À peine suis-je dans ma chambre que je ressens un manque. S'endormir va encore être un exercice compliqué…

16

« L'amour, une fois qu'il a germé, donne des racines qui n'en finissent plus de croître. »

Antoine de Saint-Exupéry

Je suis dans un état de plénitude absolue. Cette impression d'être sur un tapis volant ne m'a pas quittée de la journée. Mon cerveau est calme. C'est la première fois de ma vie où aucune question, aucun doute ne vient perturber mon esprit. Je me sens sereine, libre et éperdument amoureuse. Cela fait malgré tout une heure que je tourne et vire dans ce grand lit sans réussir à trouver le sommeil. Je pense à ses mains, à sa bouche, à son corps sur le mien ce matin... Je me demande s'il dort, s'il rêve... J'ai envie de le regarder dormir...

Je me lève et enfile un long T-shirt, décidée à voir si je perçois de la lumière en bas de ses escaliers. Peut-être que s'il ne dort pas, je pourrais lui envoyer un message et lui proposer de me rejoindre dans le salon ? J'ouvre la porte de ma chambre délicatement, traverse le long couloir et la cuisine sans faire de bruit. Le salon vient de légèrement s'éclairer. La lumière du couloir qui mène à sa chambre vient de s'allumer. Je m'avance dans ce couloir au moment où il arrive en bas de ses escaliers, torse nu. On marche doucement l'un vers l'autre. Il parle en premier :

— Je n'arrive pas à dormir... Je pense trop à toi... je venais te voir...

— Pareil... Évidemment...

Il me prend dans ses bras et nous nous embrassons avec passion. C'est le même feu d'artifice que ce matin qui se réveille. Nous montons difficilement les marches, car nous ne pouvons pas nous arrêter de nous embrasser, de nous toucher. Nous parvenons à atteindre sa chambre et nous faisons l'amour avec une intensité et une sensualité qui nous mènent à une extase indescriptible.

Ce sont ses baisers dans mon cou qui me réveillent. Il est dans mon dos, collé contre moi, ses bras m'enlacent... la même position dans laquelle nous nous sommes endormis hier soir.

— Bonjour, ma chérie... J'ai rêvé de toi, cette nuit...

— Bonjour, mon amour... Est-ce que nous étions des sortes de druides ?

— Oui. Et à chaque fois, on s'aime à la folie, comme maintenant.

Je me retourne, blottis ma tête dans son cou et le serre fort contre moi. Il me caresse les cheveux.

— Dis-moi que tu as choisi de rester pour toujours... Mon cœur se déchire à t'imaginer repartir...

— Il va pourtant falloir, mon amour... J'ai rêvé cette nuit que j'étais dans mon appartement en train de faire des cartons.

Il attrape ma tête avec ses mains, la porte à la sienne et me couvre de bisous en me disant des « je t'aime ». Je recule un peu ma tête. Une larme coule sur l'aile de son nez... Je l'embrasse et nous refaisons l'amour.

Un bruit répétitif provenant du rez-de-chaussée me réveille. Je suis seule dans son grand lit. J'enfile mon grand T-shirt et descends. Il sourit avec fierté devant la cheminée, un marteau à la main. Je viens me serrer contre lui et découvre le fruit de son travail. Il a déplacé le tableau de Zoé sur la gauche pour y placer le sien juste à côté. Les ressemblances de style sont saisissantes. Je me demande comment ma fille a eu l'idée de dessiner précisément cette scène et avec ce style-là. Isabelle

disait que nous étions tous connectés les uns avec les autres…
Je suis très émue devant ces deux dessins et lui dit :

— Tu réalises que c'est comme ça que tout a commencé ? Ce sont les graines de notre histoire.

— C'est vrai, tu as raison. Je n'en reviens toujours pas, je crois…

Il m'embrasse sur le front.

— Ce sont des graines magiques qui poussent vite et avec de grandes racines profondément ancrées pour porter l'histoire d'amour de notre vie.

Un bruit de porte dans le couloir nous écarte un peu l'un de l'autre. C'est Sam qui arrive vers nous à moitié en titubant. Il se met entre nous deux, nous fait un bisou, regarde la cheminée et marmonne :

— Il faudra attendre que je finisse le poulailler pour le cadre du deuxième tableau.

Puis il disparaît dans la cuisine pour préparer son petit-déjeuner. Je croise le regard surpris de Raphaël, nous haussons en même temps les épaules et nous rigolons.

Je regagne ma chambre pour prendre une douche rapide et retrouve les garçons sur la terrasse. Nous organisons un peu le planning de la journée qui est somme toute assez rempli. Il faut s'occuper des brebis, faire quelques courses pour la soirée, aller au rendez-vous pour Sam et préparer le dîner. Nous sommes néanmoins d'une zénitude totale et nous nous amusons de tout dès que cela est possible. Nous entendons un cri de surprise provenant du séjour. Visiblement, Zoé a vu les tableaux. Raphaël lui raconte à table l'histoire de celui-ci fait il y a deux ans. Je scrute les réactions de ma fille qui l'écoute avec beaucoup d'intérêt. Entre deux bouchées de pain, elle nous dit :

— C'est dingue, cette histoire, mais en même temps, je ne suis pas si surprise que ça.

— Ah, eh bien tant mieux, répond Raphaël. Et pourquoi cela ?

— Parce que tu avais une plume dans les cheveux !

Je ne peux m'empêcher de rire devant la tête décontenancée de Raphaël. Je lui explique cette histoire de plumes qui a été le fil rouge de notre voyage jusqu'aux enfants dans son dos me faisant de grands signes avec leurs pouces tandis qu'il me parlait et le choc supplémentaire que cela m'a provoqué lorsque j'ai vu à mon tour celle qu'il avait dans les cheveux.

— On a tout de suite su avec Zoé que vous alliez tomber amoureux, conclut Sam avec un grand sourire.

Je n'étais pas prête pour ce type de remarques et je ne sais pas quoi répondre. Raphaël, avec beaucoup de naturel, prend le relais :

— Et vous en penseriez quoi si cela se produisait ?

— Que tu mérites ma maman, répond du tac au tac mon fils.

Je trouve cette formulation très belle et j'embrasse mon fils qui est à côté de moi.

— Que ça transpire d'amour entre vous et de bonheur pour nous depuis que nous sommes ici. C'était si cela ne se produisait pas que nous ne comprendrions pas, ajoute Zoé.

Je suis fière d'elle et lui envoie un bisou.

Raphaël me fixe, les yeux pleins d'amour, et avance sa main sur la table dans ma direction. Sans aucune hésitation, je pose ma main dans la sienne et entends immédiatement les enfants crier de joie et se lever pour nous prendre dans leurs bras. C'est dans une liesse générale que nous commençons cette belle journée. Nous n'avons plus à nous cacher et c'est délicieux de partager ce bonheur avec les enfants. J'aime ses bras sur mon épaule lorsque nous descendons le troupeau, ses bisous dans mon cou dans les rayons des magasins, sa main sur ma cuisse lorsqu'il conduit, sa main dans la mienne pendant l'entretien avec le directeur de l'école de menuiserie, ses pauses câlins lorsque nous préparons le dîner tous les deux. Nous sommes faits du même bois et cela rend la relation limpide, simple, forte.

Sam est ravi de la visite de l'école. Le chef d'établissement est une personne bienveillante, qui connaît bien la phobie scolaire et qui a su trouver des paroles rassurantes et encourageantes. Il n'a jamais utilisé les mots « il faut » ou « tu dois », mais a invité en douceur à essayer, a ouvert la porte à des aménagements possibles et a su dégager mon fils de toute notion d'engagements dans le temps qui l'aurait fait paniquer.

À peine sorti du centre de formation, Sam, avec une phrase courte mais efficace, comme à son habitude, lance le film notre nouvelle vie :

— Il n'y a plus qu'à prévenir papa et à déménager !

Nous profitons des deux heures de trajet du retour pour lister tous ensemble les choses à faire, et elles sont nombreuses, mais chaque chose notée sur mon carnet est une porte qui se ferme sur cette ancienne vie qui nous faisait tant souffrir et une nouvelle qui s'ouvre avec enthousiasme sur notre nature profonde.

Avant que les invités n'arrivent, je m'isole sous le kiosque pour appeler le père de mes enfants et le prévenir de ce changement de vie. Je ne rentre pas dans les détails de notre voyage qui nous a amenés à cette décision ni à cette relation si récente qui change nos vies… Il ne comprendrait pas et ne pourrait s'empêcher d'être dans le jugement. Je prends plutôt le temps d'expliquer les motivations des enfants sur leurs orientations professionnelles, la chance pour Sam d'avoir trouvé un « employeur » et une école qui accepte son dossier scolaire, le besoin de Zoé de faire une année de césure avant de s'engager dans une formation diplômante et le rassure sur un ami de longue date qui nous héberge dans des conditions idéales pendant quelque temps. Je suis obligée d'adapter mon discours, dans l'intérêt de tout le monde. Le port de certains masques devra se lever en douceur avec quelques personnes… Il n'est pas dupe sur cette « relation de longue date », je le sais, mais il ne dit rien. Je le rassure en lui disant qu'il y avait de quoi l'accueillir ici quand il le souhaiterait et que nous n'étions finalement qu'à une heure d'avion. Son égo demande un temps de réflexion pour valider ce changement et je fais semblant de lui accorder du crédit pour maintenir une relation saine, mais il n'a pas d'autres choix que d'accepter, puisque j'ai la garde officielle des enfants. Une manipulation de ma part, mais bienveillante pour que chacun y trouve son compte.

Lorsque je reviens sur la terrasse, des invités sont déjà là. Raphaël me présente Jean et sa femme Giulia. Ils dégagent tous les deux une grande gentillesse et beaucoup de douceur. L'accent italien de son épouse est à croquer. Je comprends pourquoi Sam a autant accroché avec eux, hier matin. Je fais la connaissance d'Éric et Hélène, un couple d'amis tout récemment installés dans le parc du Mercantour où ils ont un chalet perdu dans les hauteurs. Lui est assez volubile, a à cœur de faire de belles phrases où il choisit avec précision chaque mot utilisé, et elle est plutôt timide, réservée, mais les deux me semblent instantanément sympathiques. Ils sont avec leur fils Carl dont je ne ferai la connaissance que plus tard, puisqu'il est déjà à l'étage avec ma fille. C'est un artiste aussi, passionné de street art, de mangas, de BD… Enfin, je fais la connaissance de Nicole, la femme de Rémi. Elle respire la bonne humeur et la franchise. Leur fils Gaëtan est quant à lui déjà dans l'atelier menuiserie avec Sam. Rémi n'est pas encore arrivé, car il est parti précipitamment à son garage quand elle lui a dit qu'ils venaient dîner ici ce soir… À peine ai-je terminé ce tour des présentations qu'un autre couple arrive avec deux enfants et je n'arrive pas à croire ce que je vois ! Je pars en courant à leur rencontre et réalise qu'ils sont aussi surpris que moi… Bella et Jean-Luc ! Nous sommes tellement contents de cet heureux « hasard » ! Ils me croient sur une étape de voyage, ils ne savent pas que c'est une étape de vie, mais je leur expliquerai cela plus tard… J'avais souvenir qu'ils habitaient dans le Sud, mais sans savoir précisément où, et il s'avère qu'ils occupent la maison juste après celle de Jean et Giulia. J'ai beaucoup parlé d'eux à Raphaël, comme chacune des rencontres importantes de ce road trip, mais il était impossible d'imaginer qu'il s'agissait des mêmes personnes. Ils ne sont rentrés que depuis hier et nous faisons une photo tous les 4 pour l'envoyer à Jeanne et Arthur.

Dans un joyeux brouhaha, nous servons l'apéritif à nos invités. Raphaël se lève et prend la parole :

— Je vous remercie tous d'avoir accepté cette invitation à dîner. C'est une première pour moi dans cette maison qui, depuis deux ans, consacre mon temps à ce beau projet que vous connaissez tous. C'est une entreprise qui nécessite beaucoup d'amour. Celui pour la vie et l'humanité tout d'abord, puisqu'il vise au respect des gens et de la nature. Le vôtre ensuite, qui m'aidez et me soutenez sans failles depuis le début. Mais il manquait un ingrédient essentiel que je ne pensais plus trouver… Frédéric Dard disait : « Le futur n'est autre que du présent qui se précipite à notre rencontre », et il m'est tombé dessus il y a quelques jours, au sens propre comme au figuré. C'est une chance, une évidence, une rencontre de celles qui vous élèvent et qui vous comblent, l'Amour, avec un grand A… ou plutôt avec un grand L.

Il se tourne vers moi en levant son verre.

— À toi, la femme de mes vies, et à tes adorables enfants !

Son discours m'émeut au plus haut point et je sens mes yeux s'embuer en même temps que je me lève. Il m'enlace, m'embrasse et me serre contre lui. Nous entendons à peine les applaudissements et les félicitations des invités. Je crois que la lévitation ressemble à ce que je vis en ce moment…

La naissance de notre histoire fait l'objet de toute une série de questions de la part de nos amis, et c'est le moment que choisit Rémi pour faire son entrée. Il arrive en courant et en criant :

— Elle va rester ! Je suis sûr qu'elle va rester !

Je regarde Raphaël :

— Ah ! On dirait que j'ai à nouveau une voiture en état de marche !

Nous explosons de rire…

Nous passons une excellente soirée, ponctuée de profondeur, mais surtout de rires. Sans surprise, j'aime beaucoup tous ses amis et je sens que c'est réciproque. Les enfants sont épanouis au milieu des jeunes rencontrés ce soir et de ceux qu'ils ont retrouvés. Ils affichent une forme d'insouciance et de légèreté, perdue trop tôt, que je suis heureuse de revoir sur leurs visages.

Je ne le sais pas encore, mais cette nuit, blottie dans les bras de mon Âmoureux, je ferai encore un étrange rêve : un zoom où je verrai d'abord une chambre d'hôpital, puis nous quatre penchés au-dessus d'un berceau, puis une étiquette rose collée dessus sur laquelle est écrit « Plume ».

Remerciements

À mes enfants, pour leur amour inconditionnel,

À mes sœurs Nanou et Bella, pour leur soutien et leur aide,

À tous ceux qui m'ont fait grandir, par l'expérience que nous avons partagée, qu'elle soit douce ou pas,

À la vie, cette merveilleuse aventure…

À découvrir dans la collection Romance Addict

Cœurs de Soldats
Tome 1 : Parce que c'est toi…
de Bella Doré

Doutes
Tome 1 : La part des anges
de Zéa Marshall

Coup de foudre à Saint-Palais
de Angélique Comte

Les chocolats ne fondent pas à Noël, les cœurs oui !
Collectif de nouvelles

Addictive, acidulée, sexy, passionnée.
Une collection inédite, originale.
Elle se décline en 3 styles :
Romance, Sexy Romance et Dark Romance.

SCAN ME

Retrouvez nos auteur(e)s, nos nouveautés, nos actualités
sur la page Facebook de Romance Addict

Découvrez les autres collections de JDH Éditions

Magnitudes

Drôles de pages

Uppercut

Nouvelles pages

Versus

Sporting Club

Les collectifs de JDH Éditions

Case Blanche

Hippocrate & Co

My feel good

Les Atemporels

Quadrato

Baraka

Les Pros de l'éco

L'Édredon

La revue littéraire de JDH Éditions

Venez découvrir les textes de la revue

**Textes et articles dans un rubriquage varié
(chroniques, billets d'humeur, cinéma, poésie…)**

Suivez **JDH Éditions** sur les réseaux sociaux
pour en savoir plus sur les auteurs,
les nouveautés, les projets…

Inscrivez-vous à notre Newsletter sur
www.jdheditions.fr
Pour recevoir l'actualité de nos nouvelles
parutions

– Alors, alors ? J'ai un rendez-vous avec un homme qui a le profil que vous m'avez donné !

– C'est pas vrai ! souffle mon amie, visiblement étonnée.

– Eh bien si !

Contente de moi, j'explique la situation : je vais avoir un rendez-vous non pas avec l'homme que j'ai vu, mais avec son employeur, un homme d'affaires. Drew m'embrasse pour me féliciter. Kate m'adresse un « j'aurais jamais cru que t'irais vraiment ! » après avoir poussé un petit cri de victoire, tandis que Mike semble plus réservé.

– C'est tout de même risqué, dit-il sobrement. Maintenant que tu as obtenu un rendez-vous, tu devrais prétexter que tu n'es pas disponible. De toute façon, tu n'es pas obligée de le faire ! C'est peut-être un psychopathe, ce type. On aurait dû choisir notre première idée de pari, finalement. La plongée sous-marine, ça me paraît plus *safe* que de sortir avec un inconnu…

Kate éclate de rire, ce qui fait grimacer Mike.

– Tu regardes trop de thrillers, se moque-t-elle, visiblement très excitée à la perspective de mon futur rendez-vous, comme si c'était elle qui allait s'y rendre.

– Pourquoi il n'est pas venu lui-même, alors, selon toi ? réplique Mike d'un ton ferme.

Avec son visage sombre et sa voix qui déraille en fin de phrase, il commence à me faire peur. Autant je suis soulagée qu'ils n'aient pas choisi la plongée comme défi – ils savent très bien que j'ai peur de l'eau – autant, là, Mike me fiche les jetons. Et il a raison, businessman ou pas, M. Tombson aurait pu trouver du temps entre deux dossiers pour venir à ce speed dating. Je ne connais rien de ce type et ce rendez-vous pourrait se révéler très... hasardeux.

— Je me suis demandé s'il n'était pas défiguré ou quelque chose comme ça, avoué-je. Ça expliquerait qu'il ne vienne pas en personne non ? Il ne veut pas qu'on le voie en public et espère trouver la femme qui l'aimera pour ce qu'il est...

Si c'est ça, je lui raconterai toute cette histoire de pari et me débrouillerai pour bien lui assurer que ma « rupture » n'a rien à voir avec son apparence !

Pas envie de faire du mal à quelqu'un pour un stupide jeu.

— Tu as trop d'imagination Alana ! Ne te trouve pas d'excuse pour reculer, me balance mon petit ami avec tout son tact habituel. Et puis nous irons tous avec toi, nous t'attendrons comme aujourd'hui, à l'extérieur. C'est juste un rendez-vous bon enfant. Tu pourras simplement lui dire que toi, il ne te plaît pas, et la boucle sera bouclée.

J'en reste bouche bée. Cela ne l'inquiète pas du tout que je rencontre un inconnu malgré les dangers potentiels ?

— Drew a raison et puis que risques-tu après tout ? enchaîne Kate d'un air espiègle. Ce speed dating a été organisé par une agence sérieuse et renommée, chaque participant s'est inscrit et leurs informations sont contrôlées. Drew a tout vérifié. Cet homme ne peut t'obliger à rien.

— Ouais, enfin, on ne sera pas dans la maison avec Alana...

Mon petit ami se retourne pour jeter un regard noir à Mike. Si je ne les connaissais pas, ni ne savais qu'ils étaient les meilleurs amis du monde, je pourrais penser qu'il s'agit d'un avertissement. Mike s'excuse alors pour les réserves qu'il a émises et propose un compromis : je m'y rendrai avec un micro sur moi. Ainsi, ils pourront intervenir si l'entrevue tourne mal.

Ça me convient bien mieux finalement.

Le risque oui, mais avec des filets...

Il y a ensuite un blanc, personne ne parle, ce qui est inhabituel lorsque nous sommes ensemble. Puis Drew démarre le moteur et rompt le silence en nous proposant d'aller dans notre bar fétiche.

Pendant le trajet, Kate se montre toujours aussi enthousiaste. La perspective de ma prochaine rencontre avec le fameux inconnu la rend presque hystérique. Elle pense même à se porter candidate pour un autre speed dating et peut-être ainsi trouver véritablement l'amour. Quant à Drew et Mike, ils semblent plongés dans leurs pensées. En les voyant aussi silencieux tous les deux, je suis envahie par un sentiment de trouille inopinée. Sans savoir quoi exactement, j'ai l'impression que quelque chose cloche.

Heureusement, quand nous nous finissons par nous installer pour prendre un verre, nous redevenons une joyeuse bande d'amis, qui apprécient de passer de bons moments ensemble.

***

Une fois de retour à la maison, j'ai du mal à m'endormir et, lorsque le sommeil m'emporte enfin, un cauchemar vient me tourmenter.

Je me réveille en sursaut.

Je regarde l'heure : il est deux heures du matin.

C'est n'importe quoi ! C'est juste un rencard avec un homme dans un lieu public, pas question que ça commence à me hanter la nuit !

Avant de me rendre à la salle de bains pour m'asperger le visage avec de l'eau froide, je consulte machinalement les SMS sur mon téléphone portable.

J'en trouve un, reçu à deux heures du matin. Un message que je n'attendais pas si tôt. C'est l'homme avec lequel j'ai rendez-vous. Il veut qu'on se voie chez lui aujourd'hui à dix heures très précises.

Cette fois, l'angoisse me tord le ventre.

Je déglutis, me ressaisis et sans attendre, j'envoie un SMS à Drew pour le mettre au courant et surtout pour savoir ce qu'il en pense :

[Tu dors ?]

Sa réponse ne tarde pas.

[Presque.]

Il doit ronchonner et se demander pourquoi je le dérange à cette heure. Mais, j'ai besoin de son avis.

[Moi pas.]

[Là, tu m'intéresses, bébé...]

Il se trompe de chemin.

[Je viens d'avoir un SMS de l'homme que je dois rencontrer.]

[Cool.]

Cool ?

[Bizarre plutôt, non ? Il est deux heures du matin. Quel mec sensé, qui ne connaît pas la fille en question, lui envoie un SMS à deux heures du mat ?]

> [Peut-être en voyage, dans un autre pays. Décalage horaire. T'inquiète.]

Bon, décalage horaire. Admettons... mais...

[Il veut que je le rencontre chez lui à dix heures.]

> [Super !]

Je lève les yeux au ciel.

Il le fait exprès ? !

[CHEZ LUI ! ON AVAIT DIT DANS UN LIEU PUBLIC !]

> [Eh cool. T'excite pas ! Son intermédiaire t'avait dit dans un lieu public ?]

Je m'assieds sur mon lit.

[Pas vraiment. Je ne sais plus.]

> [Donc, pas besoin de t'inquiéter.]

Mon mal de ventre, lui, persiste et signe.

[Justement si, j'ai la trouille.]

Mon téléphone sonne, Drew a troqué les SMS pour une conversation de vive voix. Son ton est ferme et sans appel :
– J'ai toujours su te conseiller, non ?
– Oui, soupiré-je.
– Et tu auras le micro sur toi.
– Oui…
– Donc pas de souci de ce côté-là. Tu seras protégée si ça tourne mal.
Soudain, mon coeur s'affole et mon estomac se retourne.
– Hein ? Ça risque de tourner mal ?
Il bâille avant de me répondre d'un ton blasé.
– Je savais que tu laisserais tomber juste avant ton rencard. Ça valait vraiment la peine que j'organise tout ça pour rien.
Il bâille à nouveau. J'ai l'impression qu'il me teste. Est-ce qu'il doute de ses sentiments pour moi ? Mon côté trop sage le lasse peut-être… ou l'inquiète pour la suite ?
– Non. J'irai jusqu'au bout. Je vous l'ai dit, affirmé-je à contrecoeur.
– Alors, prouve-le-moi. Vas-y et suis ses consignes à la lettre.
– OK.
Ma voix se veut assurée, même si elle tremble un peu. Drew paraît pourtant s'en satisfaire.
– C'est pour ça que je t'aime, bébé. Tu sais toujours prendre les bonnes décisions.
Après avoir raccroché, je me recouche et m'enfouis sous ma couette.

Ce jeu ne m'amuse plus du tout…

HISTOIRE INTEGRALE A SUIVRE DANS LE ROMAN !

Suivez-moi dans les réseaux sociaux !

https://www.facebook.com/evabaldarasauteure/

https://www.instagram.com/baldarasauteure/?hl=fr

https://twitter.com/evabaldaras?lang=fr

Visitez ma chaîne Youtube

https://www.youtube.com/playlist?list=UUwqNrLXUC10xeIYI2Yf52aA

Toute mes actualités et mon blog sur mon site internet !

www.evabaldaras.com